cLv

Jennifer Rees

Der Schrecken von Longfield

ᴅʟᴠ
Christliche
Literatur-Verbreitung e.V.
Postfach 110135 • 33661 Bielefeld

1. Auflage 1992
2. Auflage 1995

© der englischen Ausgabe 1980 by Jennifer Rees
Originaltitel: The Fire Brand
© der deutschen Ausgabe 1992
by CLV · Christliche Literatur-Verbreitung
Postfach 11 01 35 · 33661 Bielefeld
Übersetzung: R. Mauerhofer
Umschlag: Dieter Otten, Bergneustadt
Druck und Bindung: Ebner Ulm

ISBN 3-89397-182-3

INHALT

1. Eine letzte Chance

»Das ist deine letzte Chance, Jack. Wenn du sie verspielst, wirst du in einer Besserungsanstalt landen.«

Jack, der allein auf dem Rücksitz saß, blickte trotzig auf die schwammigen weißen Hände des Sozialarbeiters am Lenkrad. Wie er den Mann haßte!

»Das hast du diesem neuen jungen Mann zu verdanken, den man uns als Abteilungschef vorgesetzt hat«, fuhr Herr Lewis fort. »Er möchte dir — entgegen meinem Rat — noch eine letzte Chance in einer anderen Pflegefamilie geben.«

Eines Tages werde ich dich umbringen! dachte Jack. *Aber ich werde es langsam tun, um dich zu quälen. Manche Leute haben anständige Sozialarbeiter. Mein Pech, daß sie mir ausgerechnet dich auf den Hals geschickt haben. Du hast mich immer gehaßt, immer seit ich dich damals in den Daumen gebissen habe, als ich klein war. Heute würde ich ihn dir abbeißen, wenn ich Gelegenheit dazu hätte.*

»Du hast dich wie ein Lump und Gauner betragen«, fuhr der Sozialarbeiter fort, der sich besonders um Jack zu kümmern hatte. »Obwohl du immer wieder Dinge zerstört und gestohlen hast, hast du jetzt noch einmal die Gelegenheit, ganz neu anzufangen in einem Dorf, wo dich keiner kennt. Du hast wirklich unverschämtes Glück, Junge.«

Reizend! dachte Jack. *Jeder haßt mich aus vollstem Herzen, alle können sie mich nicht schnell genug loswerden; und er sagt, ich hätte unverschämtes Glück!*

»Die Leute, die dich aufnehmen wollen«, fuhr Herr Lewis fort,

»haben ziemlich guten Erfolg gehabt mit schwierigen Fällen, und sie leben weit draußen auf dem Land, was von Vorteil sein könnte.«

Jack guckte böse drein und dachte: *Bald werden sie sich wünschen, nirgendwo zu leben. Der schwierige Fall, der hier auf sie zukommt, wird sie bald davon überzeugen, einen Fehler gemacht zu haben.*

Er erinnerte sich an den Tag, an dem Herr Lewis ihn zum ersten Mal zu einer Pflegefamilie gebracht hatte. Das war nun schon sieben Jahre her, als er erst fünf gewesen war. Die ganze Fahrt über hatte er geweint, weil er das Kinderheim nicht verlassen wollte, in dem er sein bisheriges Leben zugebracht hatte. Es gefiel ihm dann aber ganz gut in dieser Pflegefamilie. Zwei Jahre lang war er so artig, wie man es sich nur wünschen konnte. Dann verschwand eines Tages der Pflegevater und ließ ihn mit der Mutter zurück. Diese behauptete, daß die Belastung, die die Pflege eines fremden Kindes mit sich brachte, an der Trennung schuld war, und Jack wurde in ein anderes Kinderheim geschickt.

Danach, so meinte er, lohnte sich die Mühe nicht mehr, sich anständig zu benehmen. Wenn er endlich zu den Mitarbeitern im Kinderheim eine engere Beziehung aufgebaut hatte, wechselten sie die Arbeitsstelle oder bekamen einen Nervenzusammenbruch. Die anderen Kinder wurden ständig in andere Heime verlegt oder kamen in Pflegefamilien. Es hatte keinen Sinn, sich mit ihnen anzufreunden. Herr Lewis hatte es mit verschiedenen anderen Pflegefamilien ausprobiert, aber Jack wußte im voraus, daß man ihn ja doch nur wieder wegschicken würde. Er stellte sich absichtlich schwierig, um zu sehen, wie lange sie es mit ihm aushalten würden.

Um diese Zeit begann er, sich als Brandstifter einen Namen zu machen. Mit den brennenden Streichhölzern wollte er sich an seiner Umgebung rächen. War das ein Erlebnis, als er das Schulzimmer in Brand gesteckt hatte! Aber das Jugendzentrum brannte noch viel besser! Danach hatte man ihm den Spitznamen »Brandstifter« gegeben. Jack war schon so viel herumgeschubst worden — eine Besserungsanstalt wäre nicht das schlimmste Übel.

Sie hatten die Schnellstraße schon seit einer Weile verlassen und fuhren nun auf kurvenreichen Landstraßen. Vom Rücksitz aus blickte Jack voll Abscheu auf die Landschaft. Nichts als Felder, Hügel und Wälder! Was fingen die Leute in dieser Wildnis nur mit sich an?

»Mach dich ein bißchen zurecht!« Herr Lewis mußte wieder viel Aufhebens machen. »Wir sind gleich da.«

Jack betrachtete sich im Rückspiegel. Er hatte das krause schwarze Haar seines nigerianischen Vaters und die weiße Haut seiner irischen Mutter geerbt. Über eine Gesichtshälfte zog sich ein hellrotes Muttermal, das ihm ein groteskes Aussehen verlieh.

So lange er denken konnte, hatte man ihn mit dem folgenden Rätsel gehänselt: »Was ist schwarz-weiß-rot gemischt?« Die Antwort war: »Keine Zeitung, sondern Jack!« Jeder, der auf dieses Rätsel kam, dachte, er sei der erste, dem dieser tolle Witz einfiel. Jack hatte einem Jungen den Arm gebrochen, als dieser nicht aufhören wollte, den Witz zum besten zu geben.

»Jetzt sind wir in Longfield«, erklärte Herr Lewis. Jack wollte weder die hübschen Fachwerkhäuser sehen, die sich um den Dorfplatz gruppierten, noch die alte Kirche und die putzigen kleinen Geschäfte. Er schloß die Augen und legte sich seinen Plan zurecht.

Soll ich etwas Großes anstellen, damit ich diesen Leuten gleich zu Anfang einen Schrecken einjage? überlegte er. *Oder klein anfangen und mich langsam hocharbeiten?* Als sie in einen hübschen, von Hecken umsäumten Weg einbogen, hatte er sich dazu entschlossen, den Mund nicht aufzutun.

Sie werden sich natürlich zuerst vor Freundlichkeit überschlagen. Und wenn ich meine Zähne nicht auseinanderbringe, wird es sie wurmen, dachte er grimmig.

Schließlich machten sie vor dem Haus halt. Es sah aus, als sei es aus Pappe gebaut. Das Haus war von einem Garten umgeben, der einem Komposthaufen glich.

Diese Bruchbude wird nicht schlecht brennen, dachte Jack befriedigt. *Das wird dann mein Abschiedsgruß sein.*

Als die Haustür geöffnet wurde, sprang ihnen ein aufgeregt kläffender Shelty* entgegen. Das Haus schien voller Leute zu stecken, die sich Mühe gaben, nett zu sein. Überall roch es nach gebratenen Zwiebeln. Die Pflegemutter, die rund wie eine Kugel war, schien Jacks stummer, starrer Blick nicht zu stören, während sie sich sputete, den Tee zu bereiten. Ihr Mann war ein unscheinbarer Typ, der ihm sicherlich keine Schwierigkeiten machen würde, spürte Jack. Doch ihr Sohn Peter beeindruckte ihn.

---

* Shetland-Schäferhund, eine kleine Rasse.

Er ist größer als ich, dachte Jack. *Ich muß mich vor ihm in acht nehmen.*

Dann war da noch ein kleines Mädchen, das man sicher gut herumstoßen konnte. Als sie sich um den Tisch versammelten, starrte die Kleine unverwandt auf sein Muttermal. Er hätte sie mit Vergnügen erwürgen mögen.

Jack hatte sich beinahe dazu entschlossen gehabt, nichts zu essen, doch was da vor ihm stand, sah so lecker aus, daß er sich im Handumdrehen dreimal Nachschub geholt hatte.

»Bis zum nächsten Mal!« Herr Lewis winkte zum Abschied.

Worauf du dich verlassen kannst, dachte Jack kauend. *Aber sie werden mich von hier in einem schicken Polizeiwagen fortbringen, nicht in deiner alten Schrottkiste.*

»Ich nehme an, du möchtest jetzt gern dein Zimmer sehen, Jack«, sagte die dicke Frau. »Wir haben für dich den Dachboden ausgebaut.«

Prima, steck mich zwischen die Ratten und die Spinnengewebe, dachte Jack, indem er hinter ihr die steile Treppe hochstieg. Als sie die Dachkammer erreichten, war er freudig überrascht — ganz gegen seinen Willen.

»Wir haben die Wände kahl gelassen, damit du deine eigenen Poster aufhängen kannst. Du kannst hier oben tun und lassen, was du willst. Keiner wird dein Zimmer betreten ohne deine ausdrückliche Aufforderung.«

In seinen ganzen zwölf Lebensjahren hatte Jack noch nie ein Zimmer für sich allein besessen. Seine eigene kleine Welt!

Ich werde es mir hier für ein paar Wochen gutgehen lassen, dachte er, als er sich auf das bequeme Bett warf. *Ich werde nichts Großes anstellen, damit sie mich nicht fortschicken, bevor ich Zeit dazu hatte, alles richtig zu genießen.*

Er lag auf seinem Bett und genoß den Frieden, bis ihn jemand nach unten rief zu Käsebroten und heißer Schokolade. Weit und breit kannte er kein Kinderheim, das einen solchen Service bot.

»Morgen wirst du mit mir zur Schule gehen«, platzte Peter in Jacks erfreuliche Gedanken hinein. »Wir müssen ungefähr sieben Kilometer mit dem Schulbus fahren, aber das lohnt sich. Die Schule ist klein für eine Gesamtschule: nur sechshundert Schüler. Und die Lehrer sind nicht schlecht.«

Jack war noch nie einem Lehrer begegnet, der »nicht schlecht« war. In Wirklichkeit kam diesem »Ideal« kein Lehrer nahe. Alle schienen ihn genauso zu hassen wie er sie. Aber er hatte es ihnen gesalzen gegeben. Er wußte, daß er mit Sicherheit der Anlaß zu drei Nervenzusammenbrüchen war. Und fünf Lehrer hatten die Flinte ins Korn geworfen und sich einen anderen Beruf gesucht. Er hatte sieben verschiedene Schulen besucht und es fertiggebracht, auf allen so gut wie nichts zu lernen.

»Wir tragen Schuluniform. Mein alter Blazer müßte dir eigentlich passen, und du kannst meinen Ersatzschlips tragen, bis du deine eigenen Sachen bekommst.«

Behalte deine Flöhe! dachte Jack und stieg die Treppe hinauf, um ins Bett zu gehen.

Jack hatte nie besonders gut schlafen können. Einmal eine ganze Nacht nicht durch das Herumwerfen und Schnarchen eines Zimmergenossen gestört zu werden, war wirklich eine Wohltat.

Als er aufwachte, schlüpfte er absichtlich in seine ältesten Jeans und zog sich das Hemd mit den meisten Löchern an.

Die sollen bloß versuchen, mich in eine Schultracht zu zwängen, dachte er kampfbereit. Doch alle waren viel zu beschäftigt mit dem herrlichen Frühstück aus Speck mit Spiegeleiern, um auf seine Kleidung zu achten.

»Papa ist ein Postbote«, erklärte das kleine Mädchen. »Deshalb ist er nicht hier.« Jack strich eine dicke Schicht Orangenmarmelade auf seine Toastscheibe. Ihm hätte nichts gleichgültiger sein können, als zu wissen, wo sich der lächerliche kleine Mann befand.

»Hier sind eure Schulbrote, Jungen«, sagte der »Schwabbelpudding«, wie Jack die Pflegemutter im stillen getauft hatte. »Abends koche ich euch dann ein richtiges Essen«, erklärte sie Jack.

»Wenn du wie alle anderen einen Blazer und einen Schlips trägst, werden sie nicht so auf dir herumhacken in der Schule«, warnte ihn Peter und stopfte seine Hausaufgaben mitsamt den Schulbroten in den Ranzen. Doch als Jack ihm darauf keine Antwort gab, sagte er nichts weiter, und sie marschierten zusammen den Weg hinauf.

Ich hasse ihn! dachte Jack, als sie zum Bus eilten. *Ich werde dafür sorgen, daß er das Grinsen verlernt, bevor ich von hier wieder weggehe.*

Es war genau wie in jeder anderen Schule. Jack fühlte sich wieder wie eingesperrt, als sich die Türen hinter ihm schlossen.

Derselbe altbekannte Geruch: Desinfektionsmittel, schwitzende Füße und Kochdämpfe aus der Kantine*. Und wie gewöhnlich die entsetzten Blicke, die gebannt an seinem Muttermal hängenblieben. Dann dasselbe Gekicher und Geflüster.

»Das ist Herr Percy«, sagte der Rektor. »Er leitet die Abteilung für lernschwache Schüler, die du vorerst mal besuchen wirst.«

Abgeschoben zu den Dummköpfen, dachte Jack, als er angespannt auf die unvermeidliche Frage wartete. Sie wurde auch sofort gestellt, nachdem der Rektor das Klassenzimmer verlassen hatte.

»Kannst du lesen?« fragte der Lehrer. Jack spürte, wie alle Blicke sich auf ihn richteten. Er verdrehte die Augen, ließ das Kinn herunterfallen und gab ein gurgelndes Geräusch von sich.

»Ja, nun...« sagte der Lehrer. Dann hastig: »Mach dir keine Sorgen. Ich schlage vor, du kommst mal hierüber und malst mir ein nettes Bildchen.«

Das klappt ja wie am Schnürchen, stellte Jack zufrieden fest. *Er wird mir keine Arbeit aufhalsen.*

Aber er hatte nicht die Absicht, außerhalb des Klassenzimmers den Idioten zu spielen. Als die Glocke zur großen Pause klingelte, folgte er der Menge hinaus an die frische Luft.

Er wußte, was nun passieren würde. Kampfbereit spannte er seine Muskeln an. Wie erwartet war er bald umringt von einer Schar spöttischer Gesichter.

---

*In England bleiben die Schüler meist bis 16.00 Uhr durchgehend in der Schule und bekommen mittags eine warme Mahlzeit.

»Hat deine Mama rote Farbe über dein armes Gesichtchen geschüttet?« stichelte ein fetter Junge mit Brille.

»Wo hast du denn die Dauerwelle machen lassen?« hänselte ein anderer, während ein rothaariger Junge in einem nagelneuen Blazer sich über Jacks altes Hemd hermachte und kicherte: »Motten, was?«

Jack ließ dies alles scheinbar gleichmütig über sich ergehen, bis jemand auf den »Schwarz-weiß-rot-Witz« kam. Da platzte ihm der Kragen. Ehe man sich's versah, hatte er drei Nasen blutig geschlagen und ein blaues Auge ausgeteilt.

»Der Wurm hat sich gekrümmt!«* brüllte der dicke Junge hocherfreut. Aber keiner von ihnen konnte viel gegen Jacks echten Haken ausrichten. Als die Glocke zum Unterricht läutete, gingen sie erleichtert auseinander. Der fette Junge blieb zurück und suchte verzweifelt seine Brille. Der Rotschopf jammerte und stöhnte.

Danach wurde Jack in Ruhe gelassen, von den Schülern wie von den Lehrern. So spielte es sich jedesmal ab.

Die Eltern saßen schon mit ihrer Tochter am Tisch, als Jack und Peter abends nach Hause kamen. Das Essen, das der »Schwabbelpudding« auf ihre Teller häufte, duftete unbeschreiblich köstlich.

Jack machte sich auf Bemerkungen und Fragen über seine blauen Flecke und Schrammen gefaßt, aber Frau Jarvis fragte nur freundlich: »Na, wie war's?«

Jack zog ein Gesicht und zuckte die Achseln, aber Peter grinste ihn über den Tisch hinweg an.

*Nach dem Sprichwort: »Auch der Wurm krümmt sich, wenn er getreten wird.«

»Ich sah dich mit den Kerlen aus der zweiten Klasse«, sagte Peter. »Du warst großartig, Junge! Mit solchen Schurken kannst du nur auf diese Weise fertigwerden. Ich wäre hinausgegangen, um dich zu unterstützen, aber ich steckte mitten im Französischunterricht.«

Jack warf einen verstohlenen Blick auf den Postboten. Einer seiner Pflegeväter hatte die Jungen immer mit einem Lederriemen bestraft, wenn er hörte, daß sie sich geprügelt hatten. Doch der kleine Mann hier schien nicht einmal zugehört zu haben. Jack nahm sich ein weiteres Stück Apfelkuchen und fühlte sich an diesem Tag zum ersten Mal wohl in seiner Haut.

2. Bitterer Haß

Es war Samstagmorgen. Jack lag auf seinem Bett und fragte sich, was man am Wochenende in dieser Einöde bloß anfangen konnte. Peter war mit seinem Fahrrad unterwegs, und das Mädchen saß vor dem Fernsehapparat. Der »Schwabbelpudding« war in der Küche beschäftigt, nach den Gerüchen zu urteilen.

Eine Zigarettenpause wäre nicht übel, dachte Jack träge. *Leider bin ich blank. Ich werde mich runterschleichen, während sie alle beschäftigt sind, und schauen, ob ich das Portemonnaie der Dickmadam finden kann. Sie könnte eine gute Quelle für ein bißchen Kleingeld sein.* Die Handtasche hing zusammen mit dem enorm weiten Mantel der Frau in der dunklen Ecke am Ende des schmalen Flurs. Er mußte sich den Weg durch einen Berg Gummistiefel, Einkaufstaschen, Spielzeug und Futternäpfe bahnen. Das pralle Portemonnaie in der Handtasche erinnerte ihn an dessen Besitzerin.

»Jack!« rief eine Stimme hinter ihm. Jack erstarrte — die Hand noch in der Tasche. Herr Jarvis schloß die Eingangstür am anderen Ende des Flurs und legte seine Dienstmütze und Jacke ab.

Was nun? dachte Jack, als er seine Hand langsam sinken ließ. Aber der kleine Mann pfiff fröhlich drauflos, während er den Flur herunterkam, um seine Sachen neben den Mantel seiner Frau zu hängen. Jack fühlte sich verunsichert und gereizt. *Ist dieser Mann denn so blöd, daß er nicht ahnt, was ich vorhatte? Oder hat er einfach Angst, etwas zu sagen?*

»Ich werde heute ein bißchen im Garten arbeiten, Jack«, sagte er schließlich. »Ich brauche jemand, der dann den ganzen Abfall verbrennt. Willst du das tun, was meinst du?«

Jack hätte liebend gern abgelehnt, doch Feuer war seine große Leidenschaft. Unwillkürlich nickte er zustimmend. Der Rest des Tages verging im Nu für Jack, als er eine Menge Gerümpel verbrannte, das sich vor der Hintertür, im Gartenhaus und im Treibhaus aufgetürmt hatte.

Was für eine Lotterwirtschaft, all diesen Kram zu sammeln, dachte er. Doch als die Flammen emporzüngelten, war er wie berauscht vom Anblick des Feuers.

Als die Dämmerung hereinbrach, waren sie immer noch an der Arbeit. Jack konnte sich nicht erinnern, je zuvor einen Tag so genossen zu haben.

Dann kam der Sonntagmorgen. Während sie heiße Brötchen mit Honig zum Frühstück aßen, bemerkte Jack, daß die anderen ihre besten Sachen trugen.

»Wir gehen sonntags zur Kirche«, erklärte Frau Jarvis. »Möchtest du mitkommen?«

Jack fiel beinahe der Kopf ab, so heftig schüttelte er ihn. Er hatte eine ausgeprägte Abneigung gegen Kirchen. Eine Mitarbeiterin in einem der vielen Kinderheime, in denen er gelebt hatte, hatte ihm erzählt, daß Gott böse Jungen bestrafte und daß er einmal im Höllenfeuer landen würde. Vor der Hölle hatte er keine Angst, weil er Feuer mochte, aber bei Gott war er sich nicht sicher.

»Wir gehen zu der kleinen grünen Kirche aus Blech, hier an unserer Straße«, erklärte ihm Janie, das Mädchen. »Es macht wirklich Spaß.«

Ein zorniger Gott konnte in Kathedralen wie in grünem Blech

leben, so verzog Jack nur das Gesicht und schüttelte nochmals den Kopf.

Typisch, sich im Sonntagsstaat in die Kirche zu stürzen, dachte er sauer, als er ihnen nachsah, wie sie sich vom Haus entfernten.

Ein endlos langer Morgen lag vor ihm. Vor lauter Langeweile beschloß er, das Dorf zu erkunden. Er mußte feststellen, daß seine Idee nicht schlecht gewesen war. Er merkte sich drei Heuhaufen, eine Pfadfinderhütte und eine alte Holzscheune. Er konnte jederzeit eins davon in Brand stecken, falls das Leben in Longfield zu eintönig würde.

Wohin er auch ging — das Dorf lag völlig still und verträumt da an diesem schläfrigen Sonntagmorgen. Für einen Stadtjungen wie Jack war diese Stille unheimlich und fast nicht zu ertragen. Er war ganz erleichtert, in der Ferne das fröhliche Lärmen einer Menschenmenge zu hören. Er wunderte sich, was da wohl los sein mochte und ging schnell um die Ecke. Er stieß auf eine Gruppe Menschen, die lachend und schwatzend auf dem Weg stand. Zu spät erkannte er, daß er sich mitten unter den Gottesdienstbesuchern befand, die aus der kleinen grünen Kirche strömten.

Er sah sich gerade nach einem Fluchtweg um, da erblickte er Frau Jarvis in ihrem bunt geblümten Sonntagskleid. Sie unterhielt sich mit einer großen Frau mit rotem Hals, die Jack sofort mit einem drohenden Blick bedachte und meinte: »Aha, das ist also Ihr neuestes 'kleines Problem', Frau Jarvis.« Während sie auf Jack zuschritt, fuhr sie herablassend fort: »Du hast wirklich Glück, mein Junge, in diesem schönen Dorf wohnen zu dürfen. Ich hoffe, daß du dich anständig benehmen wirst.«

Jack gab eine sehr unanständige Antwort. Während des betretenen Schweigens, das daraufhin folgte, flüchtete er sich den Weg hinunter.

Als er den Schutz des leeren Hauses erreichte, fragte er sich, was die Jarvis wohl mit ihm machen würden, wenn sie heimkehrten. Er erinnerte sich an einen recht stürmischen Vorfall, wo er gezwungen war, sich bei der Tante einer Pflegemutter zu entschuldigen, weil er einen ähnlichen Ausdruck gebraucht hatte. Doch der bloße Gedanke, daß dieser unscheinbare kleine Postbote ihn zu irgend etwas zwingen könnte, war völlig lächerlich. Kampfbereit und mit zusammengepreßten Händen wartete er im Wohnzimmer auf die Familie.

Doch diese Familie schien anders zu sein als die meisten Leute. Jack schienen sie jetzt völlig übergeschnappt, denn sie platzten wortlos ins Zimmer und hielten sich die Bäuche vor Lachen.

»Oh, Mama!« Janie schnappte nach Luft. »Du warst einfach klasse. Hast du ihr Gesicht gesehen, als du sagtest, du seist froh, daß Jack schließlich seine Sprache wiedergefunden hätte?«

Frau Jarvis sank aufs Sofa und rieb sich die Augen. »Ich dachte wirklich, sie würde vor Wut platzen«, sagte sie.

Peter wickelte sich in eine Decke ein und drückte sich ein Kissen als Hut auf den Kopf. »'Wenn das alles ist, wofür er seine Sprache gebrauchen kann'« ahmte er die Frau nach, »'so hoffe ich, daß er sie ein für allemal verliert.' — Im Ernst, Jack«, fügte er hinzu, während er sich aus der Decke herausschälte, »du darfst nicht denken, daß Fräulein Dixon das Paradebeispiel der Leute ist, die in unsere Gemeinde gehen. Sie ist weiter nichts als eine alte Heuchlerin, die nur kommt, um alle zu kritisieren. Sie konnte sich noch nie mit dem Gedanken abfinden, daß Mama und Papa Pflegekinder aufnehmen.«

Der Postbote hatte sich der Heiterkeit seiner Familie nicht angeschlossen. Er stand jetzt recht traurig beim Fenster.

»Wir dürfen nicht so hart über sie urteilen«, sagte er ruhig. »Es war nicht richtig, Jack, jemand mit solchen Worten zu bezeichnen, dazu noch eine Dame. Aber sie war sehr taktlos, und ich kann vollkommen verstehen, wie dir zumute gewesen sein muß.«

Jack ging in sein Zimmer. Der unvermutete Ausgang durch diese milde Zurechtweisung verunsicherte ihn. Als er die Treppe hinaufstieg, hörte er die Familie wieder in lautes Gelächter ausbrechen. Dieser lächerlichen Familie Anlaß zur Belustigung zu geben war das letzte, was er wollte.

Nach ein paar Wochen bei der Familie Jarvis begann die Fröhlichkeit, die in diesem Haus herrschte, Jack furchtbar auf die Nerven zu gehen. Nie war er Leuten wie diesen hier begegnet. Sie waren laut und nicht sehr ordentlich, aber sie schienen nie aufeinander böse zu sein. Und dann machten sie so viel Aufhebens von Gott ... Sie konnten nicht einmal eine Mahlzeit beginnen, ohne mit ihm vorher zu reden, als ob sie wirklich annahmen, er säße bei ihnen am Tisch. Jacks Schweigsamkeit schien ihnen anscheinend nichts auszumachen. Sie redeten einfach die ganze Zeit mit ihm, ohne jedoch direkte Fragen zu stellen. So hatte er nicht die Genugtuung, sie abblitzen zu lassen.

Er machte sich auch Gedanken darüber, ob sein erster Eindruck von dem Postboten der richtige gewesen war. Vielleicht war der Mann letzten Endes doch nicht solch ein Dummkopf, wie er angenommen hatte. Manchmal bemerkte Jack, wie der kleine Mann ihn ansah. Dann hatte er das unheimliche Gefühl, daß seine kleine Welt, die nur aus Haß bestand, von diesen sanften, gütigen Augen durchdrungen wurde.

Peter ging Jack am meisten auf die Nerven. Wieso wollte ein starker Kerl wie er, der offensichtlich gut in Sport und in der Schule war, sich ausgerechnet mit so etwas wie Religion abgeben? Jack war noch nie jemand begegnet, der so herrlich unkompliziert war wie Peter. Er verbrachte viel Zeit damit, um sich Dinge auszudenken, die Peter auf die Palme bringen könnten. In dieser Kunst war Jack ein Meister; er hatte sich jahrelang darin geübt. Er drehte das Radio auf volle Lautstärke, wenn er wußte, daß Peter im Zimmer unter ihm an den Schulaufgaben saß. Er schloß sich stundenlang im Badezimmer ein, wenn er merkte, daß der ältere Junge ein Bad nehmen wollte. Kurz bevor sie morgens das Haus verließen, um den Schulbus zu erreichen, versteckte er Peters Badehose oder Turnhose. Füllfederhalter, Bücher aus der Leihbibliothek und Notizblätter des armen Jungen verschwanden und kamen wieder zum Vorschein auf recht merkwürdige Art und Weise.

Es waren keine schlimmen Sachen, die Jack anstellte, doch wenn man all diese Kleinigkeiten zusammenzählte, mußte sich Peter ganz schön ärgern. Tag um Tag wartete Jack auf den Augenblick, wo Peters Geduld zu Ende sein würde. Er wußte, daß Peter jeden Kampf gewinnen würde, doch sehnte er sich danach, ihn aus der Haut fahren zu sehen. Nach zwei Wochen erkannte Jack zu seiner großen Enttäuschung, daß sein Plan mißlungen war.

Er muß genauso dumm sein wie sein Vater, dachte Jack bitter. *Er scheint es überhaupt nicht zu bemerken. Ich muß irgend etwas Schlimmes anstellen, egal, was sie danach mit mir tun werden.*

Die Gelegenheit dazu bot sich am nächsten Samstag. Peter war ausgewählt worden, als Läufer für ihr Gebiet an einem Leichtathletikwettkampf der Grafschaft Sussex teilzunehmen. Die ganze Familie zog los, um sich den Wettkampf anzusehen. Fußball war Jacks große Liebe, aber daß man grundlos durch die Gegend rennen konnte, ohne hinter einem Ball her zu sein, kam ihm recht lächerlich vor.

»Jack«, sagte Frau Jarvis. »Ich habe dir eine leckere kalte Platte auf den Tisch gestellt. Wenn du wieder Hunger haben solltest, bevor wir zurückgekommen sind, plünderst du einfach den Kühlschrank. Bist du sicher, daß du wirklich nicht mitkommen willst?« Jack zog wie üblich ein Gesicht und kehrte ihr den Rücken zu. Zwei Minuten später war die Familie auf und davon.

Was für Dummköpfe, mich hier allein zu lassen! dachte Jack. *Sie wissen doch sicher über meine Vergangenheit Bescheid!*

Auf der Suche nach einer Idee ging er schnurstracks nach oben in Peters Zimmer. Aber aus dem einfachen Grunde, daß sie ihm vertraut hatten, war er nicht in der Lage, irgend etwas zu zerstören. Wütend auf sich selbst schlenderte er in den Garten hinaus. Da sah er Peters Fahrrad. Es war bei der Hintertür an die Mauer gelehnt. Ein Fahrrad hatte er noch nie besessen, sich aber immer eins gewünscht.

Erst mal eine kurze Spazierfahrt, dann sehen wir weiter, sagte er sich. Eine Minute später sauste er auch schon den Weg hinunter. Das Gefühl, das ihn in der nächsten halben Stunde durchströmte, würde er sein Leben lang nicht vergessen. Seine Erregung war unbeschreiblich. Allein in einer Welt, die nur aus Geschwindigkeit, Wind und Freiheit zu bestehen schien — das war für ihn genauso befriedigend wie ein prasselndes Feuer zu sehen. Als er nach Hause fuhr, war er von einem einzigen Gedanken beherrscht: Er wollte ein eigenes Fahrrad besitzen. Wieso sollte Peter eigene Eltern haben, die ihn liebten, ein Zuhause, aus dem ihn keiner vertreiben und ein Fahrrad, worauf er sich, sooft er wollte, schwingen konnte?

Voll Schadenfreude entfachte Jack ein Feuer. Er brauchte eine ganze Menge Holz vom Wintervorrat der Familie Jarvis, damit das Feuer heiß genug wurde. Es war nicht einfach, ein Fahrrad zu verbrennen. Jack war nicht eher zufrieden, bis er auch die Luftpumpe in die Flammen geworfen hatte.

Als er schließlich den alten Wagen der Familie in die Garage tuckern hörte, war nur noch das verkohlte Skelett des Fahrrads übriggeblieben. »Ich flitze schnell mit dem Rad ins Dorf, Mama«, hörte er Peter rufen. »Ich brauch' 'ne Flasche Cola.« Dann, nach ein paar Minuten: »Wo ist denn mein Fahrrad, Mama? Ich bin mir sicher, daß ich es hier bei der Hintertür abgestellt habe.«

Jack hatte sein Feuer hinten im Garten entfacht, in der Ecke der hohen Steinmauer. Als Peter über die holprige Wiese auf ihn zuschritt, bedauerte Jack nur eins: daß er sich nicht den Rücken freigehalten hatte.

»Wo ist mein Rad, Jack?« fragte Peter. Er sah sehr groß aus in seinem Trainingsanzug, und seine Oberarmmuskeln waren wie die Maulwurfshügel auf dem Rasen.

Bin ich zu weit gegangen? fragte sich Jack, als Peter die verbogenen Überreste des verbrannten Fahrrads entdeckte. Aus dem Gesicht des älteren Jungen wich jegliche Farbe. Er tat einen Schritt auf Jack zu.

Na, endlich! dachte Jack mit einem plötzlichen Triumphge-
fühl. *Egal, was er mir antut — es hat sich gelohnt!*

Aber Peter blieb stehen und seine Arme hingen schlaff herab.
»Ich werde dir etwas erzählen«, sagte er. »Ich habe nächste
Woche Geburtstag, und Papa hat für ein neues Rennrad für
mich gespart. Vorhin auf der Heimfahrt sagte ich ihm, daß ich
dir dieses Rad hier schenken wolle. Du hast nicht mein Fahrrad
verbrannt, sondern dein eigenes.« Als er den betroffenen Ausdruck in Jacks Augen sah, drehte er sich um und ging ins Haus
zurück.

26

Als er wieder mit dem schwelenden Feuer allein war, wünschte sich Jack sehnlichst, Peter möge ihn geschlagen haben. Dann hätte er einen Grund gehabt, ihn zu hassen, anstatt sich nun selbst hassen zu müssen. Als er auf die Überreste des verbrannten Rades starrte, das sein eigenes hätte sein können, verwünschte er sich selbst wegen seiner Dummheit.

3. Katastrophe für Longfield

»Diese Woche findet das große Spiel statt, Jack«, sagte Peter eines Tages, indem er der Familientaktik folgte und soviel wie möglich mit Jack redete. »Unser Dorf hat die beste Cricketmannschaft der gesamten Grafschaft. Nächste Woche wird unser stärkster Rivale, Tidehurst, zu *dem* Spiel der Saison kommen.« Er plapperte weiter, Jack hörte nur mit halbem Ohr hin. Keiner der Familie hatte ihm gegenüber jemals das verbrannte Fahrrad erwähnt. Seit dem Tag hatte Jack jedoch aufgehört, Peter zu ärgern. Irgendwie hatte es ihm keinen Spaß mehr gemacht.

»Wir haben eine erstklassige Mannschaft«, fuhr Peter fort. »Mike Turner eröffnet für uns, er spielt für Cambridge, weißt du. Oberst White — er ist der Trainer — hat mich neulich spielen sehen. Er sagte, wenn ich so weitermachte, könnte ich vielleicht nächstes Jahr in seine Mannschaft aufgenommen werden.«

Jack hätte es zwar niemand eingestanden, nicht einmal sich selbst, aber er begann, sich in Peters Gesellschaft wohl zu fühlen. An diesem Abend begleitete er ihn, um der Mannschaft von Longfield beim Training zuzuschauen.

Die Mannschaftsmitglieder bestanden größtenteils aus den Söhnen der reichen Leute, die in den hübschen Häusern am Dorfplatz wohnten. Ein paar muskulöse Jungbauern sowie George, der Tankstellenwart, gehörten auch dazu.

Wieso können sie nicht ein gescheites Spiel wie Fußball spielen? dachte Jack.

»Wir hatten noch nie eine bessere Chance, die Mannschaft aus

Tidehurst zu schlagen wie jetzt«, prahlte der Oberst, als sich die Mannschaft auf den Stufen des Cricketpavillons niederließ. »Die ganze Grafschaft sollte an diesem Wochenende dabeisein, um mal ein faires Spiel zu sehen.«

Peter lag bäuchlings im weichen Gras und himmelte die Mannschaft aus respektvoller Entfernung an. Jack saß da und beobachtete, wie sich die Schatten des Spätnachmittags immer länger über den gepflegten, samtgrünen Spielrasen ausstreckten. Das Cricketfeld war der ganze Stolz und die Freude des Dorfes. Gelangweilt und verstimmt schlich sich Jack um den Pavillon herum und entdeckte, daß die Schuppentür des Platzwarts nur angelehnt war. Neugierig wie immer schlüpfte Jack hinein. Im Halbdunkel zwischen Rasenmähern und Rechen kam ihm ein großartiger Gedanke. Sein Kopf begann fieberhaft zu arbeiten, als er den Sack mit der Aufschrift »Unkrautvertilgungsmittel« entdeckte.

»Soso, die ganze Grafschaft soll kommen, um ein faires Spiel zu sehen?« murmelte er vor sich hin. »Dieses Jahr wird sie etwas recht Ungewöhnliches sehen.«

Schnell zog er den Sack aus dem Schuppen und versteckte ihn zusammen mit einer großen Gießkanne hinter einigen leeren Lattenkisten. Als er draußen einen Wasserhahn ausfindig gemacht hatte, schlich er sich in der Abendstille nach Hause.

Als der Oberst später die Schuppentür verschloß, bemerkte er nichts Außergewöhnliches. Selbstgefällig vor sich hinpfeifend stolzierte er über die neben dem Cricketfeld liegende Dorfwiese nach Hause.

Beim Morgengrauen stand Jack auf, kleidete sich an und verließ das Haus. Er hatte recht gehabt mit der Annahme, daß sich zu so früher Morgenstunde noch keiner in Longfield regen würde. Von einem seiner Pflegeväter hatte er einiges über Unkrautvertilgung gelernt. Dieser Mann hatte solch eine Abneigung gegen das Unkraut entwickelt, daß er es mit hämischer Freude abtötete, ungeachtet dessen, daß die Blumen dadurch ebenfalls abstarben. Jack hatte ihm oft dabei zugesehen, wie er die weißen Kristallkügelchen in einer Gießkanne voll Wasser umrührte. Er wußte also, was er jetzt zu tun hatte. Er schleppte die Kanne mitten auf den berühmten Spielrasen und ging sorgfältig und wohlüberlegt ans Werk. Er mußte die Gießkanne noch viele Male füllen, bis er zufrieden war. Wenn Herr Percy von der Abteilung für Lernschwache ihn jetzt gesehen hätte, hätte er feststellen müssen, daß Jack recht gut schreiben konnte.

Lange bevor der Milchmann seine Runde begann, lag Jack schon wieder in den Federn. Bis der entsetzte Platzwart den Oberst aus seiner eleganten Villa am Dorfplatz auf den Cricketplatz geholt hatte, war es schon zu spät, um den Schaden noch zu beheben.

»Kein Sterbenswörtchen zu irgend jemand, Mann!« Der Oberst atmete schwer. »Wir können nur hoffen, daß es erst nach dem Wochenende sichtbar wird.«

Das ganze Dorf summte vor Geschäftigkeit wie ein Bienenkorb an jenem Samstagmorgen. George schmückte seine Tankstelle mit bunten Wimpeln. Elegante Damen backten die ausgefallensten Kuchen und Torten; denn Longfield war berühmt für seine Cricket-Teestunden. Die Lokalzeitung schickte ihren erfolgreichsten Reporter. Doch als dann ein teurer Wagen nach dem anderen die Mannschaft aus Tidehurst brachte, begann das Kichern und Tuscheln. Die Gesichter der Cricketmannschaft von Longfield liefen dunkelrot an vor Verlegenheit, als sie das unglaublich derbe Wort lasen, das in verbranntem, gelbem Gras quer über ihr geliebtes Spielfeld gekritzelt war. Daß die Leute beim Spiel nicht mehr in Form waren, ist ein milder Ausdruck für ihre Verfassung. Tidehurst besiegte sie mit neunzig Punkten.

Während der Dorfpolizist mit seinen mühsamen Nachforschungen begann, fuhr der Zeitungsreporter vergnügt in sein Büro zurück und dachte sich schon Überschriften für seinen Bericht aus wie »Dorf geschändet durch geheimnisvollen Saboteur*«. Er fragte sich, ob sein Chefredakteur ihm erlauben würde, das Schmähwort in der Zeitung anzuführen. Als die Mannschaft aus Tidehurst schließlich triumphierend und ausgelassen abgereist war, blieben Mike Turner und ein paar der jüngeren Mitglieder der Mannschaft von Longfield allein im Pavillon zurück, um ihrem Ärger Luft zu machen.

»Ich könnte den Schuft umbringen, der das getan hat!« knurrte George, der Tankwart.

»Wetten, daß es das rotgesichtige Monster des Postboten war?« klagte der Neffe des Oberst.

»Natürlich, der war's!« schrie George aufgeregt. »Wieso sind wir nicht schon eher darauf gekommen?«

»Keiner aus unserem Dorf würde solch eine Schandtat begehen«, pflichtete Mike Turner ihm bei. Ihre Empörung stieg, wie sie diesen Gedanken weitersponnen.

---

*Saboteur = einer, der absichtlich etwas zerstört, um die Pläne anderer zu durchkreuzen.

»Dieser niederträchtige kleine Gauner. Dem müssen wir eine Lektion erteilen«, beschlossen sie. Als die Dämmerung hereinbrach, machten sie sich auf die Suche nach Jack.

Jack hatte noch nie einem Cricketspiel zugesehen, doch an diesem hier hatte er wirklich seinen Spaß gehabt. Er saß auf einem Torpfosten an seiner Straße und kicherte immer noch vergnügt in sich hinein. Da lösten sich leise einige Gestalten aus den abendlichen Schatten. Wie ein Rudel Wölfe kreisten sie ihn ein, bereit zum tödlichen Sprung. Jack witterte Gefahr. Sein Mund wurde ganz trocken.

»Warst du der Halunke, der uns zum Spott der ganzen Grafschaft gemacht hat?« fragte Mike. Seine Finger um Jacks Hals fühlten sich wie eiserne Zangen an. Jack wußte, sie würden es nie beweisen können. Aber als er ihre Gesichter sah, wußte er auch, daß er keine Gnade von ihnen erwarten konnte.

Du wirst die Prügel deines Lebens bekommen, mein Junge, sagte sich Jack, *und du kannst nichts dagegen tun!*

Die nächsten Minuten waren schlimmer, als er es sich vorgestellt hätte. Sie waren fünf große, starke Kerle und schrecklich wütend. Hinterher konnte er sich nur noch an schwere Fußtritte und krachende Fausthiebe erinnern. Seine Ohren dröhnten, und sein Blick war verschleiert durch das Blut, das ihm von der Stirn rann. Als er mühsam zwischen zwei Fußtritten in die Rippen und den Magen Luft holte, wünschte er sich, sie würden ihm eine Minute Zeit lassen, um sich in Ruhe übergeben zu können.

In dem Moment, wo Jack wirklich glaubte, er müsse sterben, hörte er Peters vertraute Stimme: »Was habt ihr euch eigentlich dabei gedacht, ihr großen Raufbolde, euch an einem Zwölfjährigen zu vergreifen?«

Die Kerle der Cricketmannschaft fühlten sich an diesem Tag das erste Mal so richtig wohl in ihrer Haut. Sie hatten nicht die Absicht, sich die Freude von einem fünfzehnjährigen Peter verderben zu lassen. Der Neffe des Oberst spottete: »Woher wollen wir wissen, daß er nicht seinem kleinen Bruder Beistand geleistet hat? Am besten geben wir ihm auch eins drauf.«

Jack hörte einen widerwärtig dumpfen Schlag und Peters wütenden Aufschrei. Als kurz darauf das alte Vehikel des Postboten den Weg heruntergerattert kam, versank Jack in barmherzige Dunkelheit.

Er konnte sich an nichts weiter erinnern, bis er die Augen öffnete und sich auf dem Sofa im Wohnzimmer der Familie Jarvis vorfand. Peter saß im Lehnstuhl und hielt sich ein nasses Tuch auf einen dicken blauen Fleck auf seiner Wange. Er brummte irgend etwas vor sich hin über das Betragen seiner ehemaligen Helden.

Jack wußte, daß er niemals vergessen würde, wie sich Frau Jarvis an diesem Abend um ihn kümmerte. Er schwor sich, sie nie mehr »Schwabbelpudding« zu nennen. Sie stellte ihm keine unangenehmen Fragen und machte ihn auch nicht verlegen durch übertriebene Fürsorge. Sie wusch, desinfizierte und verband Jack, als sei er die wichtigste Person auf der Welt für sie. Der Postbote flößte ihm heißen, süßen Tee ein zwischen seine aufgeplatzten und geschwollenen Lippen. Während Herr Jarvis die Tasse hielt, lächelte er plötzlich und sagte: »Klar, du hast all das verdient, mein Sohn, aber es tut uns unheimlich leid, daß es passiert ist.«

»Gott sei Dank, daß du gerade rechtzeitig vorbeikamst, Papa«, sagte Peter, während er kräftig in ein Stück von Mutters Schokoladenkuchen biß. »Sie haben mir nur einen Hieb versetzt, aber — au Backe! Ich kann unserem armen Jack nachfühlen, wie das ist.«

»Wir wollen niemand gegenüber ein Wort verlieren«, sagte Herr Jarvis bestimmt. »Es könnte sonst Ärger mit der Polizei geben. Wenn ich dich so betrachte, Jack, wie du heute abend aussiehst, würde ich meinen, daß du genug bestraft worden bist.«

Später, als der Postbote mit seiner Frau hinausgegangen war, um die Kaninchen zu füttern und die Hühner über Nacht einzusperren, öffnete Jack zum ersten Mal in diesem Haus den Mund.

»Wieso hast du eigentlich zu mir gehalten?«

»Oh, mein Kopf ... ich kann nicht denken«, sagte Peter lachend. »Jedenfalls werde ich jetzt wohl nie in die Mannschaft aufgenommen.«

»Nein, ich möchte wissen, wieso!« Jack ließ nicht locker. Er mußte unbedingt eine Antwort haben.

»Tja, nun«, entgegnete Peter leichthin, »ich finde, als Familie sollten wir zusammenhalten.«

»Jedenfalls: Danke!« murmelte Jack schroff und schloß die Augen.

Jack war erst nach einer Woche soweit hergestellt, daß er die Schule wieder besuchen konnte. Er war keine drei Stunden dort, als es ihm gelang, die gesamte Schule in hellen Aufruhr zu versetzen: Während der Mittagspause zog er an der Feueralarmglocke. Noch nie hatte eine Feuerprobe zu dieser Tageszeit stattgefunden. Das Chaos, das dadurch entstand, trug viel dazu bei, Jacks Kampfgeist zu stärken.

4. Die unheimliche Hütte

Seit Jahren schon war es Jacks Grundsatz, jeden, der ihm zu nahe kam, zu hassen. Doch wie die Wochen ins Land zogen, fand er es immer schwieriger, diesen Grundsatz der Familie Jarvis gegenüber aufrechtzuerhalten. Er hatte das unbestimmte Gefühl, daß er sie eines Tages mögen könnte, wenn er nicht vorsichtig war. Weil er dies jedoch für ein fürchterliches Unglück hielt, meinte er, sich sooft wie möglich von ihnen entfernen zu müssen. Während der Schulstunden war dafür gesorgt, aber was sollte er mit dem Rest der Zeit anfangen?

An einem Sonntagabend entdeckte er rein zufällig den Wald. Jack haßte den Sonntag, doch die Sonntagabende waren am schlimmsten. Jede Woche geschah dasselbe: Gegen acht Uhr abends wurde das Haus von jungen Leuten aus der ganzen Umgebung überflutet. Sie kamen per Fahrrad, zu Fuß, im Auto oder auf Mopeds und schienen die Regie im Haus zu übernehmen. Sie sangen zur Gitarre, lasen in der Bibel und redeten mit Gott, als ob sie ihn gut kannten. Jack konnte sie sogar in seiner Dachkammer hören, und er haßte sie alle. Der kleine Postbote schien den Abend zu leiten, während seine Frau unermüdlich Kuchen und Kaffee verteilte.

Jack wäre lieber gestorben, als sich zu ihnen zu gesellen. Dabei hatte er jedoch das scheußliche Gefühl, daß ihm etwas entging. An diesem bestimmten Sonntag hielt er es nicht länger aus. Er schlug die Tür der »Bruchbude« hinter sich zu, wie er das Haus der Familie Jarvis bezeichnete, und stapfte den Weg hinunter. Mürrisch folgte er einem Feldweg, bis er plötzlich in den Wald gelangte. Die Stille und die Einsamkeit taten ihm gut, und er entspannte sich. Hier unter den großen Bäumen gab es niemand, der auf sein Muttermal starrte, der ihn auslachte, weil er nicht lesen konnte, oder sich über ihn lustig machte, weil er keine Eltern vorweisen konnte. Jetzt hatte er endlich einen Zufluchtsort, und während der folgenden Woche ging er sooft wie möglich in den Wald. Am Freitag sah er den Hasen. Auf einen Stadtjungen wie Jack machte es einen großen Eindruck, einen wirklichen wilden Hasen zu sehen, und dies brachte ihn auf eine Idee.

Samstags fuhr die Familie öfter in die Stadt zum Einkaufen. Diesmal begleitete Jack sie. Das Leben auf dem Land war bedeutend billiger als das Stadtleben, und Jack hatte nicht wenig Geld in seiner Hosentasche. Mit einem fröhlichen: »In einer Stunde an derselben Stelle« zerstreute sich die Familie in alle Himmelsrichtungen. Jack ging die Hauptgeschäftsstraße hinunter. Über die Jahre hatte er es meisterhaft gelernt, wie man zu Süßigkeiten kam, ohne dafür bezahlen zu müssen. Er betrat einen Laden und ließ ein paar Münzen klimpern. Während er so tat, als ob er sich nicht zu etwas entschließen könnte, füllte er sich die Taschen mit seinen Lieblingsbonbons im Wert von mindestens einem Pfund Sterling. Die hochbetagte Dame, die den Dorfladen in Longfield führte, war fast blind. Jack hatte es daher nicht fair gefunden, diesen Trick bei ihr auszuprobieren. Jetzt, da er in der Stadt war, ergriff er die Gelegenheit beim Schopf und kämmte die drei Süßwarenläden auf der Hauptstraße durch, bevor er das Sportgeschäft betrat, in das er eigentlich wollte. Dort kaufte er eine Schleuder aus festem Metall und ging dann zurück zum Wagen, zufrieden mit seinen Geschäften.

Auf dem Heimweg schmetterte die Familie ein christliches Lied nach dem anderen. Der Gesang ging Jack durch Mark und Bein, aber er mußte es ihnen lassen: Sie schienen Freude am Leben zu haben.

Den Rest des Tages regnete es aus vollen Kübeln. Jack mußte auf den Sonntagmorgen warten, bevor er wieder in den Wald gehen konnte. Seine neue Schleuder steckte in der Tasche.

Jetzt fühlte er sich wie ein wilder Mann und großer Jäger. Er hätte sich von Baum zu Baum geschwungen, wenn er geeignete

Lianen gefunden hätte. Er zielte erfolglos auf ein paar Vögel, doch eigentlich war er ja auf Hasenjagd. Dann sah er die Katze. Es war ein geschmeidiges, schwarzes Geschöpf, genau wie die Katzen jener Hexen mit Besen, die er auf manchen Märchenbildern gesehen hatte. Er hatte nicht die Absicht, die Katze zu töten. Gedankenlos visierte er sie an — und traf sie zwischen den Augen mit einem glatten Kieselstein von Oberst Whites Einfahrt. Sie starb auf der Stelle, ohne Schmerzen erlitten zu haben.

Jack starrte auf den leblosen Körper und kämpfte gegen den aufkommenden Brechreiz. Es war ein wunderschönes Tier gewesen, und als er die Katze mit dem Fuß auf den Rücken rollte, stellte er an den Zitzen fest, daß sie erst vor kurzem Junge gehabt haben mußte. Die Sinnlosigkeit seiner Tat traf ihn wie ein Schlag. Dann kam ihm eine grausame Erinnerung. Eine Erinnerung, die er während der letzten drei Jahre mühsam zu verdrängen versucht hatte. Dennoch tauchte manchmal — gerade dann, wenn er es am wenigsten wollte — jener unglückselige Tag vor seinem geistigen Auge auf, und er hörte wieder das furchterregende Geheul des Hundes.

Er war hinausgegangen, um ein verwahrlostes Stück Wald in der Nähe des Kinderheims in Brand zu stecken. Zuvor hatte er sich den Benzinkanister aus dem Wagen der Hauseltern beschafft. Bewaffnet mit einigen Streichhölzern wollte er sich gerade an die Arbeit machen, als ein großer roter Setter* auf ihn losrannte. Jack versuchte vergeblich, ihn zu verscheuchen, und schließlich verlor er die Geduld. Er goß das Benzin über den Hund und hielt ein brennendes Streichholz an sein Fell. Was dann passierte, war entsetzlich. Je schneller der erschrockene Hund rannte, desto höher schlugen die Flammen. In dem Wirr-

---

*Hochbeiniger Spürhund mit glänzend rotbraunem, langhaarigem Fell.

warr von herbeieilenden Leuten und Schmerzensgeheul, das daraufhin entstand, machte sich Jack aus dem Staub. Danach mochte er tagelang nichts essen, und jedesmal, wenn er abends die Augen schloß, sah er den Hund auf sich zukommen. Weil sein Besitzer ihn aufopfernd pflegte und der Tierarzt geschickt operierte, überlebte der Hund, doch das Fell wuchs nie mehr nach. Jedesmal, wenn Jack das entstellte Geschöpf auf der Straße sah, wurde ihm übel. Und nun lag diese wunderschöne Katze tot zu seinen Füßen.

»Was soll bloß aus Abschaum wie dir werden, Jack Johnson?« murmelte er. »Du bist durch und durch verdorben.«

Die furchtbare Niedergeschlagenheit, die sich seiner bemächtigte, mußte er irgendwie abwälzen — so stieß er die Katze in einen Graben. Dann warf er die Schleuder hinterher und schritt den Pfad hinunter, auf der Suche nach etwas, das ihn ablenken würde.

Er fand es schneller als erwartet. Etwas abseits vom Waldweg, umgeben von Brennesseln und Gestrüpp, befand sich eine scheinbar verlassene Hütte. Sie hatte vor zweihundert Jahren zu einem alten Eisenwerk gehört, als dieser Teil der Grafschaft Sussex noch in der Blütezeit der Eisenindustrie stand. Nachdem dieser Industriezweig einging, zerfiel das Werk mit der Zeit. Allein die Hütte des Werkmeisters war übriggeblieben und wurde nun mehr und mehr vom Wald überwuchert. Diese unheimliche Hütte paßte genau zu Jacks Stimmung. Es kam ihm in den Sinn, daß dies das Häuschen der »Hexe« sein könnte, deren Katze er gerade getötet hatte. Weil er auf der Suche nach einem Abenteuer war, stieß er das halbverfallene Gartentor auf und ging zwischen den Brennesseln zur Haustür.

»Hier hat seit Jahren keiner mehr gehaust«, beruhigte er sich und sah dabei durch eins der vorderen Fenster. Doch schon der erste Blick genügte, um festzustellen, daß er sich getäuscht hatte. In der Hütte herrschte ein entsetzliches Durcheinander. Aber Jack konnte doch feststellen, daß die Möbel und der Zierat antik und wertvoll waren. Da entdeckte er den Besen. Er lehnte an der Außenwand der Hütte, nahe bei dem Fenster, unter dem er stand.

»Also haust hier doch eine Hexe!« stieß er atemlos hervor. Ein herrlicher, eiskalter Schauer überlief ihn. Er glaubte eigentlich weder an Märchen noch an Hexen, aber die ganze Idee faszi-

nierte ihn. Er spähte in alle Fenster hinein. Halb hoffte er, die »Hexe« zu entdecken, doch es schien niemand da zu sein. Vielleicht war sie mit Familie Jarvis zur Kirche gegangen. Aber nein, eine Hexe würde sicher genausowenig wie er in die Kirche gehen.

Dann fuhr ihm ein wirklicher Schrecken in die Glieder. Als er durch das verstaubte Fenster sah, entdeckte er in der dunklen Ecke des Wohnzimmers eine eigenartige schwarze Masse, die sich recht merkwürdig am Fußboden bewegte. Jack hätte sich keine Gedanken darüber gemacht, wenn er sich nicht selbst mit seinen Vorstellungen von Hexen Angst eingejagt hätte.

Er war schon auf halbem Weg zurück zur Gartentür, als die Neugierde seine Panikstimmung überwand. Er mußte einfach wissen, was das für eine Masse war! Er hatte vorher schon bemerkt, daß das hintere Küchenfenster halb offenstand. Für jemand mit Jacks Erfahrung war es ein Kinderspiel, im Handumdrehen ins Haus zu gelangen. Die verdreckte Küche stank so entsetzlich, daß er sich die Nase zuhalten mußte, als er über den kleinen Flur in den Raum schlich, wo »es« war. Er mußte allen Mut aufbringen, den er besaß, um sich durch den im Halbdunkel liegenden Raum zu schieben. Und dann blieb er wie angewurzelt vor einem Korb voller schwarzer Kätzchen stehen.

Die seltsame Masse, die er vom Fenster aus gesehen hatte, waren sieben kleine Kätzchen, die versuchten, aus dem Korb herauszukrabbeln auf der Suche nach der Mutter. Sie konnten höchstens eine Woche alt sein. Ihre Augen waren noch geschlossen, und sie sahen so hilflos aus! In Jacks Hals bildete sich ein dicker Kloß, als es ihm bewußt wurde, daß sie mit Sicherheit eingehen würden.

»Ich bin der Mörder eurer Mutter, ihr Kleinen«, flüsterte er. »Es tut mir leid.« Er spürte, wie ihn eine große Niedergeschlagenheit überkam, und er wandte sich schnell ab. Er wollte endlich etwas sehen, das nicht tot war oder bald sterben würde. Auf einem kleinen Tisch beim Kamin, in dem sich die Asche häufte, standen drei zierliche silberne Vögel. Sie waren aus kunstvoller Handarbeit. Jack hatte noch nie so etwas Hübsches gesehen. Er nahm in jede Hand einen Vogel.

»Hab' ich dich erwischt!« schnarrte eine Stimme vom Flur her.

Jack fuhr herum — da stand die »Hexe« vor ihm! Ein kalter Schauer überlief ihn. Die Frau war steinalt und wie ein Klappmesser gebeugt. Das weiße Haar hing in Strähnen neben dem eingefallenen Gesicht herunter. Sie trug einen langen Flanellmorgenrock. In der Hand hielt sie eine Pistole. Jack war verwirrt. Hexen mochten in den Märchen vielleicht Besen schwingen — Gewehre aber sicher nicht! Wütend und voller Haß sah sie Jack mit geröteten Augen an.

»Ich werde dich nicht totschießen«, erklärte sie. »Ich ziele nur auf ein Knie, das schmerzt am meisten. Dadurch gewinne ich Zeit, um den Pfad zum Bauernhof hinaufzugehen und die Polizei zu rufen.«

»Nein, bitte nicht!« rief Jack hastig. »Ich habe nichts eingesteckt.«

»Hausfriedensbruch ist ein schwerwiegendes Verbrechen«, fuhr sie ihn barsch an. »Und deine Fingerabdrücke sind überall auf meinen Vögeln. Dafür wird man dich in eine Strafanstalt stecken.«

Jack wußte, daß sie recht hatte. Bei seiner Vergangenheit war das nicht ausgeschlossen. Er hatte immer vorgehabt, Longfield in einem schicken Polizeiwagen zu verlassen, doch plötzlich war dies das letzte, was er sich wünschte.

»Ich weiß, wer du bist«, fuhr die knarrende Stimme fort. »Du bist der neuste kleine Sträfling des Postboten.«

»Ich bin kein Sträfling«, protestierte Jack empört.

»Du wirst aber einer sein, wenn ich mit dir abgerechnet habe«, knurrte die alte Frau.

Jack sagte nichts mehr. Er war viel zu stolz, um um Gnade zu winseln. Die Frau schlurfte auf ihn zu und betrachtete sein Muttermal.

»Häßlicher kleiner Wicht!« stellte sie unfreundlich fest. »Aber schwach scheinst du nicht zu sein. Siehst du all die Brennesseln und das Unkraut da draußen?« Sie deutete mit der Pistole in Richtung Fenster. Jack schluckte und nickte. »Das war einmal ein Garten«, fuhr sie fort, »aber meine Gicht behindert mich so sehr, daß ich solche Arbeit nicht mehr tun kann. Wenn du jeden Abend für zwei Stunden hierherkommst, auch an den Wochenenden, und mir den Garten säuberst, werde ich schweigen. Aber wenn du nicht kommst, werde ich mich sofort auf den Weg zum Telefon machen.«

»Das nenne ich Erpressung«, protestierte Jack.

»Man kann auch harte Arbeit dazu sagen«, kicherte die alte Frau. »Was ist dir lieber: meine Gerechtigkeit oder die der Polizei?«

»Ihre«, murmelte Jack und fluchte.

»Ich kenne eine ganze Menge Wörter, die viel schlimmer sind als deine«, bemerkte die alte Frau, während sie Jack durch die

»duftende« Küche schob. Sie drückte ihm eine stumpfe Sichel und eine rostige Gartenschere in die Hand und befahl: »Los, fang an und erwarte keine Teepause!«

Die Nesseln brannten ihm an den Armen und Beinen, die Dornen zerrissen seine Haut. Die heiße Sommersonne stach hernieder, und der Schweiß rann ihm nur so vom Nacken. Doch jedesmal, wenn er mit der Arbeit innehielt, um sich kurz zu recken, schoß der häßliche alte Kopf aus dem Schlafzimmerfenster, und es prasselten Schimpfwörter und Drohungen auf ihn herab. Als er schließlich erschöpft, blutend und zerkratzt nach Hause kroch, war er doch wirklich erleichtert, daß er wenigstens die verbrecherische Schleuder weggeworfen hatte.

5. Sieben schwarze Kätzchen

Die folgende Woche war ein einziger Alptraum für Jack. Er hatte solchen Muskelkater von der harten Arbeit, daß er sich morgens kaum bewegen konnte. Weil er befürchtete, daß die alte Frau herausfinden könne, was er mit ihrer Katze gemacht hatte, konnte er nachts nicht schlafen. Tagsüber in der Schule war ihm halb schlecht vor Angst bei dem bloßen Gedanken, wieder zu dieser entsetzlichen Hütte gehen zu müssen.

Er lachte bitter, als er zufällig hörte, wie Frau Jarvis zu ihrem Mann sagte: »Ich hoffe, daß Jack nichts zustößt, wenn er jeden Tag stundenlang im Wald herumspaziert.«

»Mach dir keine Sorgen, dort wird ihm nichts passieren«, war die beruhigende Antwort. »Der Wald ist heilsam für den Menschen.«

Das soll wohl ein Witz sein! dachte Jack verzweifelt. Natürlich, er war nicht gezwungen, zu dieser fürchterlichen Hütte zurückzukehren. Die alte Frau konnte ihn nicht in größere Schwierigkeiten bringen, als er schon durchgemacht hatte. Aber irgend etwas an dieser Frau zog ihn in ihren Bann. Er fühlte sich gezwungen, ihr zu gehorchen.

Schließlich war es wieder Sonntag. Die Hitze lag drückend über ihm, als er das Unkraut und Gestrüpp weghackte. Er hatte kaum begonnen, da war er schon völlig erschöpft. Plötzlich knarrte die Tür, und die Frau erschien auf der Schwelle. Sie bat ihn ins Haus. Jack legte langsam seinen Spaten nieder und folgte ihr voll dunkler Vorahnung in die Hütte. Trotz der drückenden Hitze war ihm eiskalt vor Furcht, als sie ihn zu der Ecke brachte, wo der Katzenkorb gestanden hatte.

Es ist um mich geschehen, dachte er, *wenn sie weiß, was mit der Katze passiert ist.* Doch zu seiner Überraschung lebten alle Kätzchen noch und sahen recht fröhlich drein. Sieben Paar runde blaue Augen schauten vertrauensvoll zu ihm hoch.

»Ihre Mutter ist abgehauen und hat sie im Stich gelassen. Genauso hat es meine Mutter mit mir getan«, spuckte die alte Frau bitter aus. »So ein Biest! Ich kann mir gut vorstellen, daß sie fortgelaufen ist, weil sie einen flotten jungen Kater kennengelernt hat. Und nun sitze ich hier mit dem Baby — das heißt, mit allen sieben!«

»Wieso sind sie noch nicht tot?« fragte Jack mit spürbarer Erleichterung.

»Wieso sie noch nicht tot sind?« rief die Frau ungehalten. »Weil ich selbst sie alle zwei Stunden füttere, Tag und Nacht. Ich bin schon völlig erschöpft. Ich mußte sogar mit dem Bus zur Stadt fahren, um Milchpulver für die Kätzchen zu holen und diese Tropfflaschen hier zum Füttern. All diese Mühe, nur um ihre erbärmliche Haut zu retten. Ich sollte sie ertränken.«

»O nein, tun Sie das nicht!« bettelte Jack. »Ich werde Ihnen beim Füttern helfen.«

»Morgens, vor der Schule?« fragte sie.

»Ja«, sagte Jack und wunderte sich über sich selbst. »Ich könnte so gegen sieben Uhr hier sein.«

»Gut! Dann kann ich mir etwas Ruhe gönnen und komme wieder zum Lesen. Diese Woche kam ich keine Seite weiter. Schau zu, wie ich es dir jetzt vormache, dann kannst du sie heute abend selbst füttern, bevor du gehst.«

Jack sah fasziniert zu, wie sie die Trockenmilch mit warmem, abgekochtem Wasser verrührte. Dann hielt sie ein Glasröhrchen in die Milch, zog den Gummisauger über das eine Ende und saugte ein wenig Milch in das Röhrchen. Sie wickelte das erste Kätzchen in ein altes Handtuch und setzte ihm das Fläschchen ans Mäulchen. Sofort begann es energisch zu nuckeln und hatte im Handumdrehen drei volle Fläschchen geleert.

»Jetzt reicht's aber, du gieriges Stück«, brummte die alte Frau. »Sonst wird dir noch der Bauch platzen.«

Sie fluchte und schimpfte bei jedem Kätzchen, das sie fütterte. Jack entging jedoch nicht, daß ihre Hände behutsam und sanft mit ihnen umgingen.

»Die dummen Dinger glauben doch tatsächlich, daß diese Wärmflasche ihre Mutter ist«, erklärte sie, als sie frisches heißes Wasser hineinfüllte, die Wärmflasche mit einem Lumpen umwickelte und in den Korb zurücklegte.

»Man muß sie warmhalten, sogar im Sommer«, erklärte sie Jack. Dann brachte sie Jack in Verlegenheit, als sie ein Kätzchen nach dem anderen aufhob und jedem mit einem warmen feuchten Schwamm das Bäuchlein abrieb.

»Menschenbabys machen in die Windeln, aber Kätzchen muß man — genau wie es die Katzenmutter tun würde — dazu bringen, ihr Geschäft zu verrichten.«

Als jedes Kätzchen alles erledigt hatte, was es sollte, legte sie es wieder auf die Wärmflasche und deckte dann den Korb mit einer Wolldecke zu.

»Geh wieder an die Arbeit!« sagte die alte Frau. »Die nächste Fütterung kannst du dann in zwei Stunden übernehmen.«

Es war gar nicht so einfach, wie es aussah, zumal sich die Frau über ihn beugte und seine ungeschickten Hände verfluchte.

»Steck das Röhrchen ins Maul!« fauchte sie ihn an. »Es kann die Milch nicht mit dem Ohr schlucken.« Und: »Du wirst es noch erwürgen, dummer Junge, wenn du es so hältst.« Doch als er alle sieben gefüttert hatte, machte es ihm richtig Spaß.

Allerdings verging ihm der Spaß, als er früh am nächsten Morgen verschlafen und mit leerem Magen durch den Wald tappte. Er hätte sich die Zunge abbeißen mögen für sein Angebot, die Kätzchen zu füttern. Doch wie die Tage ins Land zogen, ging er ganz in seiner Verantwortung für sie auf. Bald kümmerte er sich um drei oder sogar vier der täglichen Fütterungsaktionen. Die alte Frau saß dann mit der Brille auf der roten Nase dabei und las.

Jack wollte schrecklich gern wissen, ob überhaupt jemand die Hütte und ihre kauzige Bewohnerin kannte. Weil er aber nicht mit der Familie sprach, wußte er nicht, auf welche Weise er es herausbekommen konnte.

Deshalb war er völlig überrascht, als Peter eines Tages auf dem Weg zum Schulbus sagte: »Wenn du noch länger im Wald herumschnüffelst, wirst du noch mit Fräulein Potts zusammenstoßen. Sie ist eine fürchterliche alte Frau. Sie lebt in einer halbzerfallenen Hütte bei dem alten Eisenwerk. Hast du sie schon gesehen?« Als Jack ihm keine Antwort gab, fuhr Peter fort: »Sie ist wirklich grauenhaft; keiner will mit ihr etwas zu tun haben. Sie ruft Papa immer scheußliche Schimpfwörter nach, wenn er ihr die Post bringen muß. Sie weiß, daß er Christ ist, und sie haßt Gott, weißt du. Als ich kleiner war, dachte ich immer, sie sei eine wirkliche Hexe, aber Papa sagt, sie sei nur alt und einsam. Anscheinend haßt sie jeden Menschen, genau wie du, Jack«, fügte er grinsend hinzu. »Du wirst wahrscheinlich mal genauso enden wie sie.«

Jack blieb mitten auf dem Weg wie angewurzelt stehen. Würde er wirklich genauso werden wie Fräulein Potts? Einsam, gefürchtet und gemieden von allen Leuten?

»Los, komm schon!« rief Peter. »Wir verpassen sonst den Bus!«

Dieser Gedanke behagte Jack nicht. Er ging ihm nicht aus dem Sinn, als er wieder Fräulein Potts' Garten umgrub.

Warum sollte ich die Leute nicht hassen? verteidigte er sich. *Sie hassen mich ja auch alle. Ich werde immer aus dem Haus geworfen und wie ein Fußball durch die Gegend geschubst. Familie Jarvis wird auch nicht anders handeln, wenn sie mich satt hat. Wenigstens weiß ich bei dieser alten Frau, woran ich bin. Sie und ich haben vieles gemeinsam.*

Die Kätzchen wuchsen mit einer unglaublichen Geschwindigkeit. Zwei Wochen später schlabberten sie schon ihren Haferbrei in recht unmanierlicher Art und Weise aus einer Untertasse und lernten erfolgreich, ihre Sandkiste zu benutzen. Fräulein Potts trug ihren Korb in die Abendsonne hinaus, damit Jack sie im Auge behalten konnte, während er arbeitete. Jeden Abend durfte er jetzt auch das Unkraut verbrennen. Trotz aller Beleidigungen, die er von Fräulein Potts einstecken mußte, begann er, Freude an seiner Arbeit zu haben.

Als er eines Abends auf seinen Spaten gelehnt zusah, wie der Rauch und die Funken in den Abendhimmel emporstiegen, kam Fräulein Potts hinter ihm angehumpelt. Sie hatte eine Umhängetasche voll Bücher in der Hand.

»Die Viecher rauben mir die ganze Zeit«, beschwerte sie sich.

»Ich komme einfach in diesen Tagen nicht zur Leihbücherei. Tausche die Bücher hier für mich um, bevor du morgen hierherkommst. Aber bring mir nicht diese albernen Detektivgeschichten. Ich interessiere mich nur für geschichtliche Bücher und Reiseerzählungen.«

»Ich kann nicht lesen«, gab Jack rundheraus zu.

Die dichten Brauen der alten Frau zogen sich zusammen. »Was soll das heißen, du kannst nicht lesen?« fragte sie. »Du bist doch zwölf, oder nicht?«

»Ich könnte, wenn ich wollte«, verteidigte sich Jack. »Aber ich will nicht!«

Fräulein Potts stürzte sich auf ihn wie die Katze auf die Maus.

»Was hast du gesagt? Du willst nicht lesen?« rief sie empört. »Du verpaßt das Beste im Leben. Die Menschen in den Büchern können dich nicht verletzen, deshalb brauchst du sie nicht zu hassen. Ich könnte dir das Lesen beibringen«, fügte sie ruhiger hinzu. »Ich war einmal Lehrerin.«

»Sicher waren Sie eine fürchterliche«, murmelte Jack und befreite sich aus ihrer Umklammerung.

»War ich auch!« gab sie schadenfroh zu. »Ich ließ diese ungezogenen Kinder schuften, bis sie umfielen!«

»Sie können mir mit Ihrem Lesen und den Büchern gestohlen bleiben!« brüllte Jack. Bevor sie ihn erwischen konnte, hatte er sich schon auf den Weg und in Sicherheit gebracht.

Kurz vor dem Einschlafen klopfte es an diesem Abend an seine Tür.

Er schlüpfte aus dem Bett und riß die Tür auf. Vor ihm stand der Postbote.

»Darf ich hereinkommen und eine Minute mit dir sprechen, Jack?« fragte er. Jack drehte sich um und setzte sich auf die Bettkante. Ein eiskalter Schauer überlief ihn.

Er kommt, um mir die Nachricht schonend beizubringen, folgerte Jack sofort. *Sie werden mich ins Kinderheim zurückschicken.*

Der Postbote setzte sich ans Fußende des Bettes. »Dein Lehrer, Herr Percy, hat mich heute nachmittag zu sich gebeten«, begann er.

Der Feueralarm! dachte Jack.

»Er macht sich einige Gedanken um dich«, fuhr Herr Jarvis fort. »Er meint, du seist gar nicht auf den Kopf gefallen, aber irgend etwas scheint dich davon abzuhalten, in der Schule voranzukommen.«

Jack saß still und stocksteif da.

»Ich mache dir einen Vorschlag«, sagte Herr Jarvis unerwarteterweise. »Der Gärtner von Oberst White hat sich gestern das Hüftgelenk gebrochen, und man hat mir seine Stellung angeboten, bis es ihm besser geht. Wenn ich meine Runden erledigt habe, kann ich das gut tun. In drei oder vier Monaten werde ich so viel verdient haben, daß ich dir ein wirklich gutes Fahrrad kaufen kann. Wenn Herr Percy mir berichtet, daß du gut liest und hart arbeitest, werde ich es dir schenken.«

Ein eigenes Rad, nagelneu und glänzend! Jacks Herz tat einen Luftsprung. *Aber woher weiß denn dieser komische kleine Mann, daß ich mir so unheimlich ein Rad wünsche?*

»Na, wie steht's, einverstanden?« fragte der Postbote. Langsam streckte Jack den Arm und schlug in die dargebotene Hand des kleinen Mannes.

Als Jack am nächsten Abend bei Fräulein Potts eintraf, saß sie in der Sonne und hatte den Schoß voller Kätzchen.

»Ich habe noch einmal darüber nachgedacht, was Sie über das Lesen sagten«, begann er. »Sie können es mir beibringen, wenn Sie wollen.«

»Ich habe meine Meinung auch geändert«, fuhr ihn die alte Frau an. »Wieso sollte ich meine kostbare Zeit mit einem Kerl wie dir vergeuden?«

Jack war enttäuscht. Er wollte nicht bei Herrn Percy lernen. Das hätte bedeutet, klein beizugeben.

»Ach, kommen Sie schon«, bettelte er. »Ich würde weiter meine zwei Stunden abarbeiten, und wenn ich lesen könnte, würde ich Ihre Bücher jede Woche eintauschen.«

»Lästiger Junge«, brummte Fräulein Potts. »Mach dich an die Arbeit!« Doch als das Gartenfeuer verlosch und sie den Kätzchen beim Abendschmaus zugesehen hatten, nahm sie ein kleines Buch vom Regal und sagte: »Also, dann wollen wir uns an diese Arbeit machen!«

Es war erschöpfend, bei jemand wie Fräulein Potts das Lesen zu erlernen. Doch weil sie sich beide verstanden, machte Jack rasch Fortschritte.

Plötzlich war der Schulunterricht gar nicht mehr so langweilig. Jack mußte sogar zugeben, daß das Lernen mit Hilfe eines Kassettenrecorders und eines Taschenrechners ziemlich Spaß machte. Das Leben zeigte sich ihm von der Sonnenseite — bis

zu dem verhängnisvollen Wochenende, an dem die Sonntag-
schulfeier stattfinden sollte.

6. Die Bombe in der Kirche

»Kommst du Samstag mit uns ans Meer, Jack?« fragte Janie Jarvis. Sie hatte ganz rote Wangen vor Aufregung.

»Die Sonntagschule fährt mit einem Bus nach Hastings. Es ist ein wunderschöner Ort.«

»Es sind nicht nur Kinder dabei«, warf Peter ein. »Der Jugendklub vom Sonntagabend fährt auch mit.«

Die Vorstellung, an einem Ausflug der Sonntagschule teilzunehmen, war belustigend für Jack. Aber als Peter ihm von dem Pier* und von der Vergnügungspassage vorschwärmte, gab er sich einen Ruck und fuhr mit.

Es tat gut, Fräulein Potts einmal einen Tag los zu sein. Als Jack im Bus über Land schaukelte, umgeben von fröhlichen Leuten, stellte er fest, daß er Spaß an der Sache hatte. Als sie am Meer anlangten, setzte er sich jedoch ab und schlenderte allein durch die putzigen kleinen Straßen des Badeortes. Bald hatte er, halb versteckt in einer dunklen Seitengasse, einen herrlichen kleinen Laden entdeckt, der Scherzartikel und Spielwaren verkaufte. Eine wunderbare Stunde lang stöberte er in den Waren herum. Schließlich verließ er den Laden mit einer Glasflasche, die die Aufschrift trug: »Extra starke Stinkbombe«. Er hatte sogar dafür bezahlt.

Will ich mir auch geraten haben, dachte er, *wo ich mit der Sonntagschule unterwegs bin.* Er hatte schon die unbestimmte Idee, sie bei der Schulversammlung loszulassen. *Für den Fall, daß der alte Percy glaubt, er hätte mich weichgekriegt durch die harte Arbeit, die ich für ihn zur Zeit tue.* Auf der Heim-

---

*Landesteg in englischen Badeorten mit Spielautomaten, Roulette und Restaurants, für den Eintritt verlangt wird.

fahrt saß er neben einer verschmierten und fröhlichen Janie.

Gar kein schlechtes Kindchen, dachte Jack, während der Bus schaukelte und klapperte. *Eigentlich sieht sie aus wie ihr großer Bruder und redet ununterbrochen, genau wie er.*

»Ach, wird das morgen aufregend werden«, schwärmte Janie. »Da findet die Jahresfeier der Sonntagschule in unserer Kirche statt, und ich habe eine Rolle. Wir spielen Josua und die Mauern von Jericho, und ich bin die Rahab. Peter begleitet den Klub mit der Gitarre, wenn sie Lieder vortragen. Mama und Papa haben das ganze Fest geplant, und der Gastredner kommt sogar zum Mittagessen und zur Teestunde zu uns. Mama hat die ganze Woche schon leckeres Essen dafür vorbereitet.«

Jack hörte ihrem endlosen Geplapper zu, während er eine Idee ausbrütete: *Wie wäre es denn mit einer Stinkbombe in der Kirche? Das würde ein bißchen Schwung in die ganze Angelegenheit bringen.* Aber er müßte sie dann selbst zur Kirche mitnehmen — diese Vorstellung behagte ihm nicht sehr. Die Neugierde darüber, was all diese fröhlichen Leute in der kleinen Blechkirche machten, hatte ihn zwar schon wochenlang umgetrieben. So war er insgeheim froh, einen Grund zu haben, um dort mal die Nase reinstecken zu können.

Dummerweise war die Kirche so vollgestopft, als Jack am nächsten Morgen eintraf, daß der letzte freie Platz ausgerechnet neben Fräulein Dixon war — der Frau, die ihn an seinem ersten Sonntag in Longfield so beleidigt hatte. Sie rückte von ihm ab, als er sich hinsetzte. Doch das Gesicht des kleinen Postboten, der vorne stand, strahlte, als er Jack erblickte.

Janie spielte ihre Rolle gut, wenn man bedachte, daß es eine Kinderaufführung war. Der Klub war ausgezeichnet. Obwohl

Jack sich nicht dazu herablassen wollte, in den nachfolgenden Gemeindegesang einzustimmen, mußte er sich doch eingestehen, daß es ihm hier gefiel. Er hatte immer angenommen, daß der Gottesdienst bedrückend und langweilig sei, aber all diese strahlenden Leute konnten unmöglich Angst vor Gott haben. Er hatte die Stinkbombe noch in der Hand, doch als der Gottesdienst erst halb um war, beschloß er, sie nicht loszulassen.

Das kann ich ihnen nicht vermiesen, dachte er. *Es macht viel zuviel Spaß.*

Der Opferteller löste das Unglück aus. Fräulein Dixon, seine rothalsige Feindin, stieß ihm den Teller zu, als handelte es sich um ein Seitengewehr. Dabei schlug sie ihm die Flasche aus der Hand. Jack tauchte umsonst unter den Sitz — der Flaschenhals war schon zerbrochen, und die übelriechende Flüssigkeit sickerte heraus. Als der Gastredner mit der Predigt begann, rümpften einige schon die Nase. Dann holte nach und nach jeder sein Taschentuch hervor. Die Leute begannen zu husten und zu niesen. Die Sonntagschulkinder, die in den vorderen Reihen saßen, verließen als erste den Saal. Kichernd eilten sie zum Ausgang. Bald rannten die Gemeindeglieder kreuz und quer herum und schnappten nach frischer Luft. Der Gastredner verließ als letzter die Kirche — die Notizen in der Hand und das Taschentuch vor der Nase.

Im Schutze der allgemeinen Verwirrung schlüpfte Jack nach Hause und versteckte sich im Schuppen. Ziemlich aufgewühlt sah er zu, wie die Kaninchen an den Mohrrüben knabberten.

»Du hast mich schwer enttäuscht, Sohn«, sagte eine ruhige Stimme hinter ihm. Jack drehte sich nicht um, und der Postbote stellte sich neben ihn.

»Ich habe volles Verständnis dafür, wenn du mal einen Streich spielst. Ich war ja selbst einmal jung. Aber was du heute getan hast, war alles andere als ulkig. Gott ist für uns wichtiger als alles auf der Welt. Wir verdanken ihm alles, was wir haben und sind. Du hast heute sein Haus entehrt und den Gottesdienst verdorben, an dem er sich erfreute.« In diesem Moment wandte sich Jack ihm zu. Eine Tracht Prügel wäre ihm lieber gewesen, als den traurigen Gesichtsausdruck des kleinen Mannes sehen zu müssen.

Beim Mittagessen herrschte eine eisige Stimmung. Der Gastredner tat sein Bestes, den Gottesdienst nicht zu erwähnen. Frau Jarvis war jedoch so aus der Fassung gebracht, daß ihr sorgfältig vorbereitetes Menü danebenging. Der Yorkshire Pudding* fiel ein, die Soße war klumpig und der Custard** an-

---

* Leichter, gebackener Eierteig, der zu (oder vor) Roastbeef gegessen wird.

** Heiße Vanillesoße.

gebrannt. Als sie schließlich verschwand, um eine Tasse Tee zu machen, kam sie nicht wieder. Beim Hinausgehen sah Jack sie weinend am Spültisch stehen.

Peter erwartete ihn schon im Garten. Jack hatte ihn noch nie so zornig gesehen.

»Ist dir überhaupt bewußt, was du angerichtet hast?« knirschte er. »Diese alte Heuchlerin, neben der du gesessen hast, ging schnurstracks nach dem Gottesdienst los und hat einige der Gemeindeältesten gegen Mama und Papa aufgewiegelt. Sie sagten Papa, er müsse die Sonntagschule und den Jugendklub aufgeben, wenn er seine eigene Familie nicht besser erziehen könne. Dabei geht den Eltern doch diese Arbeit über alles! Dann hat das alte Biest Mama in die Ecke gedrängt und ihr erklärt, sie sei niederträchtig, Kerle wie dich hierherzuholen, die alle Kinder in der Gegend verderben würden. Es wäre vielleicht lustig gewesen, wenn Mama sich nicht so schrecklich darüber aufregen würde. Jetzt weint sie sich da drinnen die Augen aus.«

Jack zog sich wieder zum Kaninchenstall im Schuppen zurück. Ihm war so elend, daß er fror. Als er zuerst nach Longfield gekommen war, hatte er Stunden damit zugebracht, sich auszudenken, womit er diese Menschen hier quälen könne. Nun, da es ihm auf geradezu vollkommene Weise gelungen war, konnte er kein Vergnügen daran finden. Jeder einzelne Streich, den er in diesem Dorf ausgeheckt hatte, hatte sich wie ein Bumerang gegen ihn gewandt.

Der Gastredner fuhr hastig mit dem Wagen davon, ohne auf die köstlichen Teekuchen zu warten, die Frau Jarvis für ihn gebacken hatte. Als Jack durchs Haus ging, um sich für die Arbeit bei Fräulein Potts umzukleiden, sah er seine Pflegeeltern auf dem Sofa sitzen. Der Postbote hatte den Arm um seine schluchzende Frau gelegt, die sich ein Taschentuch vor die Augen hielt. Jack erinnerte sich daran, wie sie ihn damals umsorgt hatte, als er nach dem Cricketspiel gegen Tidehurst auf derselben Couch lag.

Und auf einmal tat Jack etwas, was er noch nie in seinem Leben getan hatte. Er durchquerte den Raum, stellte sich vor das Paar und sagte heiser: »Es tut mir leid. Ich werde sowas nie mehr machen.«

Ohne sich umzukleiden eilte er in den Wald.

»Er hat zu uns gesprochen!« rief Frau Jarvis. Ihre Tränen versiegten auf der Stelle.

»Zum allerersten Mal!« stellte ihr Mann fest.

»Und man konnte sehen, daß er es ernst meint. Deswegen hat sich alles gelohnt, egal, was die Leute über uns denken mögen.«

Als Jack recht nervös von seiner Arbeit heimkehrte, entdeckte er, daß sich die fröhliche Atmosphäre des Hauses wieder eingestellt hatte, weil er sich reumütig entschuldigt hatte.

Als sie sich zu dem besonders köstlichen Nachmittagstee zusammensetzten, konnte Peter sich die Feststellung nicht verkneifen: »Wie gut, daß wir nun richtig reinhauen können, ohne höflich und rücksichtsvoll zu einem Besucher sein zu müssen!« Frau Jarvis tat so, als ob sie ihn zurechtwies, doch bald stimmten sie alle ein fröhliches Gelächter an. Hinterher half Jack beim Geschirrabtrocknen wie alle anderen Familienmitglieder.

Die Dorfbewohner konnten sich jedoch nicht so schnell beruhigen. Am Montagabend kam der Prediger zu einem längeren Gespräch zu Ehepaar Jarvis. Jack saß sage und schreibe in seiner Dachkammer und machte Hausaufgaben. Da hörte er, wie der Postbote ungewöhnlich laut und scharf sagte: »Sollten wir nicht viel lieber für ihn beten, anstatt ihn zu kritisieren?« Als Janie am folgenden Tag von der Schule kam, fand sie ihre Mutter wieder in Tränen vor. Fräulein Dixon hatte ihr einen Besuch abgestattet.

»Sie will, daß wir Jack wieder ins Kinderheim zurückschikken«, erklärte sie ihrer Tochter mit einem entrüsteten Schluchzer.

Das Fernsehgerät war so laut eingestellt, daß keiner hörte, wie Jack leise die Küche betrat. Er bekam gerade noch mit, wie Janie sagte: »Aber wieso müssen wir auch einen Jungen wie Jack in unsere Familie aufnehmen, wenn dadurch alle Menschen böse auf uns sind?« Gespannt wartete Jack auf die Antwort.

»Weil Gott ihn zu uns geschickt hat, Liebes«, erklärte Frau Jarvis. »Er liebt Jack sehr, weißt du.«

»Kann Gott denn einen bösen Jungen wie Jack liebhaben?« fragte Janie ungläubig.

»Das ist ja gerade das Wunderbare«, kam die Antwort. »Er liebt ihn genauso wie er dich liebt oder Peter. Es ist ihm keineswegs gleichgültig, was mit Jack geschieht.«

Jack schlüpfte lautlos zur Hintertür hinaus und steuerte auf seinen geliebten Wald zu.

Er hatte sich schon immer gefragt, weshalb diese Familie so verrückt war, ihn aufzunehmen, und wieso sie ihn nicht schon längst wegen seiner Unfreundlichkeit und seines bockigen Schweigens weggeschickt hatte. Er nahm an, daß sie sich etwas darauf einbildeten, »gut mit schwierigen Fällen umgehen« zu können.

Aber nun behauptete Frau Jarvis, daß sie es deshalb taten, weil Gott ihn in ihr Haus gebracht hatte, weil Gott sich um ihn kümmerte. Niemand hatte sich je um ihn gekümmert. Weder seine irische Mutter, noch sein Betreuer — keiner der unzähligen Leute, die ihn in Pflege nahmen. War Gott denn wirklich anders als sie alle? Hatte Frau Jarvis vielleicht recht? Die Frau damals in dem Kinderheim hatte gesagt, Gott haßte und bestrafte schlechte Menschen. Wem sollte er denn nun glauben?

So viele Fragen trieben ihn um, daß er während der Lesestunde an diesem Abend Fräulein Potts plötzlich fragte: »Ist es wohl möglich, daß Gott Leute wie Sie und mich liebt?«

Die alte Dame machte ein Gesicht, als erblickte sie soeben eine Giftnatter: »Dieser verflixte Postbote hat dich weichgekriegt«, knurrte sie. »Da — nimm das für deine dumme Frage!« Ehe er sich's versah, hatte sie ihm eine schallende Ohrfeige verabreicht.

Jack rieb sich verstohlen sein rotes Ohr und widmete sich jetzt mit voller Aufmerksamkeit dem Lesestück. Doch der Gedanke, daß Gott ihn vielleicht lieben könnte, beschäftigte ihn tagelang.

7. Über den Steilhang

Es war der erste Tag der Sommerferien, der schönste Tag des ganzen Jahres.

»Ich wünschte, wir würden auch in die Ferien fahren«, schwärmte Janie. »Alle anderen fahren weg.«

»Wir können es uns dieses Jahr einfach nicht leisten, Liebes«, sagte Herr Jarvis. »Aber hört zu, was wir tun werden. Morgen habe ich frei. Jeder von euch darf einen Freund einladen. Dann zwängen wir uns alle in den Wagen und machen einen Ausflug.«

Janie quietschte vor Vergnügen. »Ich werde Ann mitnehmen«, sagte sie und war schon aus dem Haus, um die Sache festzumachen.

Jack war verlegen. Er hatte keinen Freund, den er hätte einladen können. Da traf sein Blick mit Peters zusammen. Er spürte, daß der ältere Junge ihn verstand.

»Ich werde Jack als Freund mitbringen — das heißt, wenn er damit einverstanden ist«, sagte Peter mit einem breiten Lächeln. »Dann haben wir auch mehr Platz im Auto.«

Jack fühlte sich erleichtert, doch gleichzeitig war er böse auf Peter. Am nächsten Morgen fuhren sie schon früh los. Janie und ihre Freundin Ann mit den drolligen Zahnlücken kicherten während der ganzen Fahrt. Die lange Fahrt hatte sich jedoch gelohnt, als sie schließlich am Ziel eintrafen. Das Naturschutzgebiet bestand aus einer ausgedehnten, bewaldeten Hügellandschaft. Von den hohen, weißen Klippen aus sah man über den Ärmelkanal in Richtung Frankreich.

Herr und Frau Jarvis, die kleinen Mädchen und Happy, die Hündin, begnügten sich damit, am Kieselstrand zu bleiben. Peter und Jack machten sich auf zu einer meilenweiten Entdeckungsreise. Sie hatten viel Spaß dabei. Es war viel aufregender, etwas zu zweit zu unternehmen als allein. Jack wünschte sich, der Tag möge endlos dauern. Am Mittag nach ihrem Picknick wollten die Jungen im Laden beim Parkplatz ihr Geld ausgeben. Jack verspürte plötzlich eine solche Dankbarkeit gegenüber Peter, daß er ihm eine Freude machen wollte. Er wartete, bis Peter sich in die Reiseführer und Broschüren vertieft hatte und auch sonst keiner hersah. Dann füllte er sich die Taschen randvoll mit Süßwaren aus den Regalen.

»Komm, wir wollen dem Flußlauf folgen«, schlug Peter vor, als sie wieder draußen standen. »Vielleicht entdecken wir ein paar Reiher.«

»Ich hab' was für dich«, sagte Jack voller Stolz. Prahlerisch breitete er die Süßwaren auf einem der Picknicktische aus, die unter den Bäumen standen.

»Danke!« Peter leckte sich die Lippen. »Du mußt wirklich steinreich sein, um dir das leisten zu können!«

»Oh, ich habe sie doch nicht gekauft!« lachte Jack.

Peter runzelte die Stirn. »Willst du damit sagen, daß du sie geklaut hast?«

»Klar!« antwortete Jack ungehalten. »Das tut doch jeder. Sollen sie doch besser auf ihre Sachen aufpassen, wenn sie nicht wollen, daß man etwas mitgehen läßt!« Peter schien es ausnahmsweise die Sprache verschlagen zu haben. Er wußte nicht, was er entgegnen sollte.

Plötzlich fiel ein Schatten über die Picknickbank, und beide sahen gleichzeitig schuldbewußt auf. Es war der Postbote.

Natürlich, das mußte ja so kommen, dachte Jack bitter, als er versuchte, die Süßwaren mit seiner Jacke zu bedecken.

»Hast du das alles bezahlt, Jack?«

»Selbstverständlich!«

»Jack«, sagte der Postbote ruhig. Der Junge begann innerlich zu kochen. Dieser lächerliche kleine Mann konnte die Gedanken anderer lesen!

»Mann, das tut doch jeder!« wiederholte er hitzig.

»Du bist jetzt ein Glied unserer Familie, und aus diesem Grund wirst du das Stehlen lassen«, sagte Herr Jarvis in einem Ton, den Jack bei ihm nicht kannte. »Wir werden die Sachen jetzt zum Laden zurückbringen, und du wirst dich dort entschuldigen.«

»Das soll wohl ein Witz sein!« gab Jack trotzig zurück.

»Nein, mir ist es bitter ernst«, sagte Herr Jarvis fest.

Für wen hält der sich eigentlich? dachte Jack aufgebracht. *Er ist kein Stück größer als ich. Er kann mich doch nicht zu etwas zwingen, wozu ich keine Lust habe!*

Doch diese zwingenden Augen schienen Jack zu durchbohren. Es blieb ihm nichts anderes übrig, als die Bonbons wieder einzusammeln und dem kleinen Mann zum Laden zu folgen. Vor drei Monaten hätte er so etwas nicht für möglich gehalten.

Die darauffolgenden Minuten waren für alle Betroffenen furchtbar peinlich. Der Ladenbesitzer sagte, er werde Jack nicht anzeigen, weil er die Süßwaren zurückgebracht hätte. Doch Jack wäre dem Mann am liebsten ins Gesicht gesprungen. Als alles vorüber war, stürmte er aufgebracht aus dem Laden. Er war wütend und schämte sich gleichzeitig. Es war so wunderbar gewesen, Peter den ganzen Tag lang als Freund zu haben. Jetzt hatte er sich wieder mal alles verdorben. Peter wollte nun sicher nichts mehr mit ihm zu tun haben. Mit langen Schritten eilte er den Klippenweg hinauf.

»Laß ihn, Peter«, sagte der Postbote sanft. »Er muß sich erst mal beruhigen. Er wird zu uns zurückkommen, wenn wir ihn zufrieden lassen.«

Dabei sehnte sich Jack so danach, daß Peter ihm folgen möge. *Heute abend werden sie die fette Kröte, den Lewis, anrufen,* dachte er zerknirscht. *Jetzt werden sie mich nicht mehr bei sich behalten wollen.*

Er hatte nicht vorgehabt, sich die Klippen hinunterzustürzen. Er hätte nie den Mut dazu aufgebracht. Jack wollte nur Familie Jarvis irgendwie verletzen und beunruhigen. Er stand ganz am Rand. Tief unter ihm dröhnte und schäumte die See. Weit unten zu seiner Rechten erkannte er den Rest der Familie am Strand.

Irgendwann werden sie schon kommen und nach mir Ausschau halten, dachte er bitter. So war es dann auch. Als die Sonne langsam ins Meer sank, sah er den Postboten mit seinem Sohn den Pfad zu ihm heraufkommen.

Ich lasse sie ganz nahe herankommen, dann tue ich so, als wolle ich mich hinunterstürzen, dachte er. *Dann werden sie es bereuen.*

Jacks Vorhaben ging gewaltig daneben. Als er sich an den äußersten Rand wagte, verlor er plötzlich das Gleichgewicht. Wild griff er um sich nach einem Halt. Glücklicherweise fiel das obere Teil der Klippe nicht jäh ab. Jack stürzte nicht tiefer als fünf Meter und landete auf einem schmalen Felsvorsprung, wo Möwen nisteten. Er rollte über die Kante, hielt sich aber im letzten Moment noch an einem kleinen Busch fest. Die Wurzeln waren so kurz — es war ein Wunder, daß der Busch überhaupt dem Gewicht des Jungen standhalten konnte. Wie er so unterhalb der Felsenbank hing, merkte Jack, daß der Busch nachgab. Da tauchten zwei Gesichter über ihm auf — weißer als der Kreidefels der Klippen.

»Ich kann nicht mehr!« kreischte Jack in Todesangst.

»Lauf, hol Hilfe, Peter!« rief der Postbote. »Ich steig' runter und ziehe ihn auf die Bank.«

»Das geht doch nicht, Papa!« protestierte Peter. »Das ist reiner Selbstmord!«

»Er wird höchstens noch zwei Minuten aushalten können«, entgegnete der Vater. »Ich kann nicht hier sitzen und zuschauen, wie er abstürzt.« Ohne ein weiteres Wort stürmte Peter zum Campingplatz davon.

»Festhalten, Sohn! Ich komme!« rief der Mann, den Jack einmal verachtet hatte.

Ohne Sicherung durch ein Seil oder Erfahrung im Klettern war dies ein unerhört gewagtes Unternehmen. Jack erkannte, daß der Postbote sein Leben aufs Spiel setzte. Gleichzeitig spürte er, wie sich seine Armmuskulatur verkrampfte. Jedesmal, wenn er sich rührte, knarrte der dumme kleine Busch bedenklich. Tief unten spülte die Gischt über die Felsen. Das Meer erwartete sie beide.

Stück für Stück schob sich der Postbote nach unten. Er klebte dicht am Felsen und redete die ganze Zeit beruhigend auf Jack ein, als würde er sich daheim im Badezimmer rasieren.

Wie durch ein Wunder stand er dann plötzlich auf der Felsenbank, den Rücken an die Klippenwand gedrückt. Er zog den vor Angst wie gelähmten Jack gerade rechtzeitig herauf, ehe dieser sich übergeben mußte.

»Eigentlich müßte ich dich jetzt versohlen«, sagte der Mann grinsend, als Jacks Zähneklappern etwas nachgelassen hatte. »Aber ich glaube, wir würden dann beide im Meer landen, wenn ich es ausführte!« Jack sah ihn erstaunt an. Dieser Mann da lachte und ulkte, als säße er eislutschend am Strand. Er hatte sich oft gefragt, was all die großen Kerle, die sonntags abends immer kamen, bloß an diesem lächerlichen kleinen Mann fanden. Jetzt wußte er es.

Er ist mutig wie ein Löwe! dachte Jack und schloß dabei fest die Augen.

Dank Peters schnellem Lauf ließ der Rettungsdienst nicht lange auf sich warten. Bald darauf wankten sie zitternd den Pfad zum Strand hinunter.

»Um eins bitte ich euch: Erzählt eurer Mutter bloß nichts davon!« warnte sie der Postbote. Alle drei waren wie betrunken vor Erleichterung. Während der Heimfahrt machten sie am laufenden Band Witze und lachten wegen jeder Kleinigkeit.

»Ich glaube, ihr habt etwas angestellt«, argwöhnte Frau Jarvis. »Ihr seid schlimmer als die beiden Mädchen. Drei große Männer wie ihr sollten sich schämen, so albern zu kichern.«

»Gute Nacht, mein Sohn«, sagte der Postbote später. Die Art, wie er seine Hand auf Jacks Schulter legte, weckte in dem Jungen das starke Verlangen, richtig zu dieser außergewöhnlichen Familie gehören zu dürfen.

8. Der tragische Unfall

Während der Sommerferien sollte die Hündin der Familie Jarvis Junge werfen. Happy war ihr wertvollster Besitz und wurde von allen verwöhnt. Eine Frau, deren Kind Frau Jarvis eine Zeitlang tagsüber in Pflege nahm, hatte der Familie Happy als kleines »Hundemädchen« geschenkt. Diese Frau betrieb eine Hundezucht und schickte ihre Sheltys zu Ausstellungen im ganzen Land.

»Zwei Hündchen müssen wir an sie abgeben«, wurde Jack von Janie aufgeklärt. »Aber mit den anderen können wir viel Geld verdienen. Papa sagt, wenn alles klappt, könnten wir nächstes Jahr richtig Urlaub machen. Wir wollen hoffen, daß sie einen großen Wurf hat.« Happy liebte Janie vor allen anderen. Sie kam dem kleinen Mädchen immer entgegengelaufen, wenn es von der Schule heimkehrte. Jack konnte sich jedoch seit dem Vorfall mit dem roten Setter nicht überwinden, einen Hund anzufassen.

Jacks Besuche bei Fräulein Potts blieben nicht länger geheim. Jetzt, in den Ferien, hatte Peter nicht nur Hausaufgaben und Sport im Sinn. Als Jack eines Tages zwischen den Dornen im Garten wühlte, kam Peter den Pfad herunter und stand wie angewurzelt vor der Gartentür.

»Das grenzt ja an ein Wunder, was du hier getan hast! Sieht alles recht ordentlich aus jetzt. Ich hätte nie gedacht, daß du dir so ganz nebenbei einen Job gesucht hast.« Dann fügte er leiser hinzu: »Man munkelt, daß die Alte hier Berge von Geld versteckt hat. Bezahlt sie dich auch ordentlich?«

»Ja, ganz gut«, antwortete Jack. »Doch sie wird herauskommen und mich ohrfeigen, wenn ich hier stundenlang mit dir schwatze.«

»Schon gut«, sagte Peter fröhlich. »Aber wenn du hier fertig bist, gehen wir zusammen zum Sportplatz, ja? Im nächsten Schuljahr kommt Fußball an die Reihe, und ich könnte dich ein wenig trainieren.«

Jack war wie benommen vor Freude, als er Peter nachsah, der mit Happy auf den Fersen im Wald verschwand. Sollte das bedeuten, daß Peter trotzdem sein Freund sein wollte?

An diesem Abend erlitt Peter einen ziemlichen Schock. Nach einer halben Stunde Training auf dem Sportplatz erkannte er, daß Jack in punkto Fußball rein gar nichts mehr beizubringen war. Erhitzt warf er sich ins Gras, um sich auszuruhen. »Das muß man dir lassen, Junge«, japste er. »Du weißt, wie man mit dem Ball umgeht. Wieso hast du mir nicht erzählt, daß du so gut spielen kannst? Du wirst jeden in deiner Klasse in den Schatten stellen. Wahrscheinlich sogar jeden der beiden nächsthöheren Klassen!«

Danach verbrachten sie Stunden auf dem Sportplatz, und bald hatte Jack sich Peters volle Bewunderung erobert. Ganz egal, wie und wo er stand, er konnte sich jederzeit umdrehen und den Ball mit dem einen oder dem anderen Fuß mitten ins Tor schießen. Aber wenn sich irgendein Dorfjunge zu ihnen gesellte und mitspielen wollte, stieß er Peter den Ball zu und schlenderte fort. »Mir stinkt's, Peter. Bis dann!«

Happy hatte sich die ungelegenste Zeit ausgesucht, ihre Jungen zur Welt zu bringen. Es war Sonntagabend, mitten in der Jugendstunde. Jack nahm daran jetzt auch teil und lernte sogar einige Lieder. Er besuchte auch den Gottesdienst. Er redete sich ein, dies nur zu tun, um Fräulein Dixon zu reizen, die wie ein alter Mäusebussard auf der Jagd nach ihm war. Aber tief drinnen wußte er, daß er ging, weil er mehr über Gott wissen wollte.

Die jungen Leute befanden sich gerade mitten in einer hochinteressanten Diskussion über die Art und Weise, wie Gott zu Menschen spricht. Jack hörte erstaunt, daß Gott sich freut, wenn man mit einer Bitte zu ihm kommt. Herr Jarvis sagte, man dürfe sogar um ein Zeichen bitten, um zu wissen, daß Gott sich um einen kümmert. Plötzlich ertönte Janies Stimme von oben herunter:

»Schnell, hier passiert was!« Da Happy so sehr an dem kleinen Mädchen hing, war es nicht verwunderlich, daß sie sich Janies Bett als den geeigneten Ort ausgesucht hatte, um ihre Jungen zur Welt zu bringen. Die Hundebabys kamen in regelmäßigen Abständen während der Nacht an. Keiner der Familie tat ein Auge zu, obgleich Happy die ganze Angelegenheit bestens allein meisterte. Bei Tagesanbruch kuschelten sich fünf kleine Sheltys gierig nuckelnd an ihre Mutter.

Alle kletterten ins Bett, um ein paar Stunden Schlaf nachzuholen — nur Janie nicht. Dafür streckte sie sich im Schlafsack auf dem Boden neben ihren neuen Schützlingen aus.

Die ersten acht Tage ging alles glatt. Die Hundekinder waren gesund und Janie einfach hingerissen von ihnen. Dann passierte etwas Schreckliches. Es war Montagnachmittag und Jack langweilte sich. Am Morgen war er bei Fräulein Potts gewesen. Nun hatte er nichts zu tun, bis Peter vom Zahnarzt zurückkehrte, den er zusammen mit seiner Mutter und Janie besuchte. Jack schlenderte ins Dorf und über die Wiese, um zu sehen, ob der beschädigte Rasen des Cricketfelds nachwuchs. Auf der anderen Seite des Dorfplatzes entdeckte er Herrn Jarvis, der die Gartenhecke von Oberst White beschnitt. Als er näherkam, fiel ihm auf, wie müde und erhitzt der kleine Mann aussah. Jack wußte nur allzu gut, wie hart die Arbeit in einem fremden Garten war.

»Ich werde die abgeschnittenen Zweige zusammenrechen«, bot er sich an, als er das schmiedeeiserne Tor aufstieß und den gepflegten Garten betrat.

»Oh, danke!« freute sich der Postbote. Sie arbeiteten stillvergnügt vor sich hin. Jeder hing seinen eigenen Gedanken nach. Der Postbote war ein umgänglicher Mensch, und Jack fühlte sich in seiner Gesellschaft immer sehr wohl.

Plötzlich wurde der verträumte Friede des Nachmittags gestört. Die Verandatür wurde aufgestoßen, und die untersetzte Gestalt des Oberst schritt energisch über den Rasen auf sie zu.

»Jarvis!« brüllte er. »Werfen Sie den Jungen da aus meinem Garten hinaus! Ich weiß, daß er unser Spielfeld ruiniert hat. Wenn Sie ihn noch einmal hierherbringen, werde ich Sie an die Luft setzen, verstanden?«

»Besser, du verziehst dich, Jack«, sagte der kleine Mann freundlich, als der Oberst in Richtung Garage stapfte. »Wenn ich diesen Job verliere, kann ich dir kein Fahrrad kaufen.«

»Ich hasse ihn!« stieß Jack zwischen zusammengebissenen Zähnen hervor.

»Das ist nicht recht«, sagte der Postbote sanft. »Gott liebt ihn, genau wie er auch Fräulein Potts liebt.«

»Bah!« rief Jack und schlug das Eisentor zu.

Er war fast zu Hause angelangt, als er hörte, wie ein Wagen hinter ihm den Weg herunterfuhr. Es war der Oberst. Er schien immer noch schlechter Laune zu sein — nach seinem roten Gesicht zu urteilen, und weil er viel zu schnell fuhr. Jack sah Happy nicht rechtzeitig. Es war das erste Mal, daß sie ihre Babys verlassen hatte, um auf die Gasse zu gehen. Eigentlich suchte sie Janie.

»Paß auf, Happy!« schrie Jack entsetzt, aber es war schon zu spät. Der Wagen des Oberst traf sie mit tödlicher Gewalt.

»Verflixter Köter!« brüllte der Oberst und trat auf die Bremse. Und Jack schrie er an: »Wieso hast du auch nicht auf ihn aufgepaßt?«

Als der Wagen davonraste, blieb Jack wie angewurzelt stehen und sah auf Happy nieder. Sie war tot, aber er wollte nicht, daß Janie sie so auffand. Vorsichtig trug er die Hündin in den Garten und holte einen Spaten aus dem Schuppen. Es war harte Arbeit, den trockenen Boden aufzugraben, doch als er den Wagen der Jarvis kommen hörte, hatte er Happy ordentlich beerdigt.

Ich kann es dem armen Kind nicht sagen, dachte Jack mit trockenem Mund. Da sah er, wie Herr Jarvis durchs Tor hereinkam.

»Machst du bitte eine Tasse Tee, Liebste?« rief Herr Jarvis und wischte sich übers rote Gesicht. »Ich bin total kaputt!«

»Kann ich kurz mit dir reden, bevor du reingehst?« fragte ihn Jack.

»Was ist los, Junge?« fragte der Mann freundlich, als er Jacks Gesicht sah. Jack führte ihn zum Hundegrab und erzählte ihm, was passiert war. Dann gingen sie beide ins Haus, um der Familie die traurige Nachricht schonend beizubringen.

Janie saß ganz still auf der Couch und bemühte sich, nicht zu weinen. »Mir bleiben ja noch die Hündchen.« Dann hielt sie inne, und alle Farbe wich aus dem kleinen Gesicht.

»Können sie denn überleben ohne ihre Mutter?«

»Ich fürchte, nein, Liebes«, sagte Frau Jarvis sanft. »Am besten macht Papa gleich Schluß mit ihrem Elend. Wir möchten doch nicht, daß sie leiden, nicht wahr?«

»Nein, tut das nicht!« warf Jack schnell ein.

»Wir können sie nicht aufziehen«, sagte der Postbote. »Wir haben überhaupt keine Erfahrung mit jungen Hunden.«

»Aber ich«, sagte Jack bestimmt. »Bitte, gebt mir eine Chance!«

»Ja, laßt es ihn versuchen!« bat Janie verzweifelt.

So schnell wie diesmal hatte Jack noch nie den Wald durcheilt. Fräulein Potts, die er aus ihrem Nachmittagsschläfchen riß, war gar nicht erbaut über seinen Besuch.

»Die Hündin ist unters Auto gekommen«, keuchte Jack. »Meinen Sie, daß Hundejunge wie kleine Kätzchen aufgepäppelt werden können?«

»Woher soll ich das wissen? Ich hasse Hunde!« fuhr sie ihn an.

»Hm, würden Sie mir vielleicht die Fläschchen und das restliche Milchpulver leihen, bis ich morgen in die Stadt fahren und neues kaufen kann?«

»Nimm, was du willst!« gab die alte Frau zurück. »Hauptsache, ich habe meinen Frieden.«

Es war ein ganz neues Erlebnis für Jack, Verantwortung zu
übernehmen. Er fand eine geeignete Kiste und gab Frau Jarvis
die Temperatur für die Wärmflasche an. Er beauftragte Janie,
ihre Puppendecke zu holen und erklärte Peter, wie man das
Futtergerät sterilisierte. Vorsichtig rührte er die Milch an und
zeigte Janie, wie man die Röhrchen füllte.

»Gib ihnen nicht mehr als drei Röhrchen voll, bis sie größer geworden sind«, belehrte er sie fachmännisch, »sonst platzen
sie.« Als er die Fütterungsaktion schließlich damit beendete,
den Jungen das Hinterteil mit einem feuchtwarmen Schwamm

75

abzureiben, war die Bewunderung der Familie grenzenlos.

»Du bist ein Prachtkerl, Jack, wirklich!« sagte Frau Jarvis, als sie die Kiste in die warme Küche trugen.

»Wir müssen sie alle zwei Stunden füttern, auch nachts«, sagte Jack. »Wir können uns ja abwechseln.«

Die Hundejungen schienen recht zufrieden zu sein. Alle in der Familie waren zu beschäftigt, um viel über Happy nachzudenken. Doch am Abend sah Jack, wie Janie weinend mit Happys Hundeleine in der Hand vor der Kiste saß.

»Du hast doch noch die Jungen«, sagte er barsch. Da spürte er zu seiner Verlegenheit, wie sie ihre Hand auf die seine legte.

»O Jack«, sagte sie. »Wenn du nicht gewesen wärst, hätte ich den Tag heute nicht überstanden!« Jack schüttelte ihre Hand ab, doch ein warmes Gefühl durchströmte ihn.

In diesen Sommerferien gab es so viel zu tun, daß Jack gar keine Zeit hatte, etwas anzustellen. Jeden Morgen ging er zu Fräulein Potts. Als er den Garten völlig in Ordnung gebracht hatte, ließ sie ihn die Fensterrahmen und Türen streichen. Als er einmal zaghaft darauf hinwies, daß seine Zeit eigentlich um sei, kniff sie ihn und sagte: »Jetzt zahlst du für den Leseunterricht, Junge! Los, weiter mit der Arbeit!« Weil er eine heimliche Zuneigung zu der alten Frau gefaßt hatte, erhob er keinen weiteren Einspruch.

Jack hatte sich Janies volle Bewunderung und Anhänglichkeit erworben, weil er die Hundejungen gerettet hatte. Unter Jacks Anleitung zog Janie die Jungen mit sichtbarem Erfolg groß. Sie und Jack hatten alle Hände voll zu tun, um die Hündchen davon abzuhalten, den Hausrat in Stücke zu zernagen. Janie hatte gar keine Zeit, länger um Happy zu trauern.

Wenn Peter und Jack nicht Fußball spielten, gingen sie an den Fluß zum Angeln oder zum Schwimmen ins städtische Hallenbad. Ihre Beziehung zueinander war merkwürdig. Jack war fast völlig stumm und Peter redete ununterbrochen. Aber diese Sommertage waren für keinen von beiden langweilig.

Jack wäre vielleicht auch glücklich gewesen, wenn nicht tief in ihm dieser zwingende Gedanke gesessen hätte, Familie Jarvis bloß nicht zu nahe zu rücken.

Es würde mich um so mehr verletzen, wenn sie mich auf einmal wegschickten, dachte er.

9. Der Krieg mit Parker

Während der Lesestunde an einem der ersten Septembertage sagte Fräulein Potts plötzlich: »Dein Lehrer wird sehr zufrieden mit dir sein, wenn du wieder zur Schule gehst.« Jack mußte sich eingestehen, daß er sich tatsächlich auf den Schulanfang freute. Aber eine Woche später hatte sich Jacks Leben drastisch verändert. Als er wieder die Schulbank drückte, mußte er feststellen, daß Herr Percy eine andere Klasse übernommen hatte. Ein neuer, breitschultriger Lehrer namens Parker hatte die Abteilung für Lernschwache übernommen.

Das erste, was der Lehrer tat, war, alle Taschenrechner und Kassettenlektionen wegzuschließen und aus einem anderen Schrank einen Stapel schäbiger Lehrbücher herauszuholen.

»Hört alle gut zu, ihr fürchterliches Pack!« Parkers Stimme dröhnte. »Ich werde euch das ABC und das Einmaleins auf die gute, althergebrachte Weise eintrichtern. Ihr werdet die Schule hier nicht eher verlassen, bis ihr lesen und schreiben könnt. Verstanden?« Jack haßte ihn vom ersten Augenblick an, deshalb legte er die Beine auf sein Pult und zündete sich eine Zigarette an. Herrn Parkers wuchtige Gestalt türmte sich sofort drohend vor ihm auf.

»Ich kenne deine Akten, Johnson«, sagte er, und seine rotgeränderten Augen durchbohrten Jack. »Dir werde ich auch noch den Kopf zurechtsetzen, Früchtchen!«

Abgemacht, dachte Jack, als seine Zigarette unter Parkers Schuhabsatz erlosch. *Ich werde dir in nichts nachstehen!*

Von diesem Tag an herrschte offener Krieg zwischen den beiden. Jack machte keinen Finger krumm für Herrn Parker. Er schaffte es, seine Klassenkameraden von der Arbeit abzuhalten. Wenn jedoch der Schulbus im Dorf anhielt, sah Jack manchmal, wie der Postbote auf Oberst Whites Rasen das Laub zusammenrechte. Dann überkam ihn eine regelrechte Verzweiflung beim Gedanken an das versprochene Fahrrad.

Im Sportunterricht lagen die Dinge kaum anders für Jack. Er wußte, daß er besser Fußball spielte als seine Klassenkameraden, doch irgendwie gönnte er dem »Muskelprotz«, Herrn Ranson, nicht die Freude, ihn gut spielen zu sehen. Der Sportlehrer brüllte ihn vergeblich an.

»Wieso benimmst du dich so idiotisch, Jack?« fragte Peter, als er ihn eines Tages im Schulkorridor traf. Jack vertrödelte dort die Zeit, obwohl er eigentlich auf dem Fußballplatz hätte sein müssen. »Du könntest einmal für England spielen, wenn du nicht solch ein Dummkopf wärst!«

Herr Parker wurde von Woche zu Woche ungehaltener.

»Dieser Johnson müßte in eine Schule für verhaltensgestörte Kinder gesteckt werden«, schimpfte er eines Tages im Lehrerzimmer. »Er ist einfach unmöglich!«

»Oh, ich weiß nicht recht«, sagte Herr Percy und schenkte sich noch eine Tasse Kaffee ein. »Bei mir hat er gegen Ende des letzten Schuljahres sehr gut mitgearbeitet.«

»Ihr Junglehrer seid doch alle von derselben Sorte«, brüllte Herr Parker, und sein Stiernacken färbte sich dunkelrot. »Viel zu nachsichtig! Das ist der Fehler der modernen Erziehung! Ich werde sofort zum Rektor gehen und ein Wörtchen mit ihm wechseln über Johnsons Einlieferung.« Er schlug die Tür hinter sich zu und ließ Herrn Percy bestürzt zurück.

Als Jack am darauffolgenden Tag seine Sportstunde wieder im Korridor verbummelte, hatte er einen großartigen Einfall, wie er die Zeit totschlagen könne. Er fand weiße Papierkarten und schrieb auf jede einzelne: »Defekt. Nicht benutzen!« Dann klebte er schnell an jede Toilettentür im ganzen Schulgebäude eine Karte. Die allgemeine Verwirrung war groß, und Jack machte es richtig Spaß, dafür geradezustehen, nur um Herrn Parkers Gesicht zu sehen.

»Du kommst jetzt mit mir zum Rektor, mein Bürschchen«, brüllte er und schleppte Jack durch die Korridore.

Der Rektor besaß nicht nur Humor, er war auch etwas ärgerlich auf Herrn Parker. Als sie sein Büro betraten, sagte er: »Erst gestern haben Sie mir erklärt, Parker, daß dieser Junge geistig zurückgeblieben sei. Wenn dem so ist, wieso hat er dann so deutlich und so viele Male 'Defekt. Nicht benutzen!' schreiben können? — Trotzdem, Johnson, habe ich auf Herrn Parkers Anraten hin noch für dieses Jahr einen Termin mit einem Schulpsychologen für dich vereinbart.« Nachdem er Jack eine ziemlich halbherzige Standpauke gehalten hatte, entließ er sie beide mit einer Handbewegung.

Wieder im Flur sagte Herr Parker: »Hör zu, Johnson. Ich werde dafür sorgen, daß du in ein Heim für verhaltensgestörte Kinder kommst — und wenn es das letzte wäre, was ich hier veranlasse. Es wird mir eine Genugtuung sein, dich aus meinem Umfeld zu entfernen.«

Jack lachte frech, obwohl ihm gar nicht zum Lachen zumute war. Was sollte bloß aus ihm werden, wenn er Longfield, Familie Jarvis, Fräulein Potts, den Wald und die Hundekinder verlassen müßte? Er schloß sich in den Garderobenraum ein und betete zum ersten Mal in seinem Leben: »Gott, wenn du mich wirklich liebst, dann hilf, daß sie mir das nicht antun!«

»Was ist denn heute mit dir los, Junge?« beschwerte sich Fräulein Potts. Die Dunkelheit war hereingebrochen, und sie saßen im flackernden Schein des Kaminfeuers, für das Jack zuvor Holz gehackt hatte. Es war wieder Lesestunde, doch die Buchstaben tanzten vor Jacks Augen.

»Ich weiß nicht, ob ich weiter hierherkommen werde zum Lesen«, sagte Jack lustlos.

»Was soll das heißen?« fuhr ihn die alte Frau an.

»Es ist alles sinnlos«, erklärte er. »Sie wollen mich in ein Heim für verhaltensgestörte Kinder stecken!«

Fräulein Potts machte sich mit ein paar Flüchen Luft, dann fragte sie nach dem Grund.

»Die Sache ist so«, erklärte Jack: »Ich habe dieses Schuljahr ein Ekel von einem Lehrer. Er kann mich nicht riechen — genausowenig wie ich ihn. Weil ich nichts für ihn tun will, hat er dafür gesorgt, daß ein Psycho-Dingsda kommt und ich fortgeschickt werde.«

»Und du bist so blöd, daß du es tatsächlich verdienst!« kreischte Fräulein Potts.

»Was soll das heißen?« fragte Jack entrüstet. »Ich kann doch gut lesen, oder etwa nicht?«

»Natürlich kannst du das«, keifte sie zurück. »Doch ebnest du diesem Tyrannen geradezu den Weg, indem du dich weigerst zu arbeiten. Du könntest es so drehen, daß der Lehrer dumm dasteht, wenn du ihm zeigst, was du kannst. Sieht dieser Psychologe dann deine Aufgabenhefte, wird er deinem Lehrer schon seine Meinung sagen, weil er ihm die Zeit gestohlen hat. Das ist die rechte Art, mit ihm fertigzuwerden«, schloß sie und stocherte aufgebracht mit dem Schüreisen im Feuer.

Dieser Schlachtplan gefiel Jack immer besser, als er ihn nachts überdachte.

Auf Herrn Parker wartete am nächsten Tag in der Schule eine Überraschung. Als er die Übungshefte verteilte, nahm Jack sich seins und machte sich sofort an die Arbeit. Den ganzen Tag lang saß er über sein Pult gebeugt und erledigte einen unglaublichen Berg Aufgaben. Gegen Abend war Herr Parker recht erstaunt, ja geradezu fassungslos.

Der Kampf zwischen ihnen tobte weiter. Herr Parker hatte seine Wonne daran, Jack Aufgaben zu stellen, die er viel zu schwierig für ihn hielt. Jack seinerseits lernte, bis er meinte, der Kopf platze ihm demnächst, doch gab er immer die richtigen Lösungen oder Antworten ab. Er bekam Hausaufgaben auf, für die er Stunden brauchte. Er erledigte sie bei Fräulein Potts, die ihm vergnügt dabei half.

Der Rektor hatte Herrn Jarvis mitgeteilt, daß Jack am vierten Dezember den Schulpsychologen sprechen würde. Herr Jarvis erwähnte Jack gegenüber nichts davon. Als er jedoch an diesem Morgen die Briefe austrug und der Schulbus um die nächste Ecke verschwand, schickte er ein Stoßgebet zum Himmel für Jack.

Der Psychologe war ein kleiner, rundlicher Mann mit lustig zwinkernden Augen. Jack fürchtete sich kaum vor ihm, als er um elf Uhr ins Sprechzimmer geführt wurde.

»Setz dich«, forderte der Mann ihn freundlich auf. Er raschelte mit den vielen Akten, Briefen, Schulheften und Zeugnissen, die alle Jacks Namen trugen.

»Herr Parker scheint sich etwas Sorgen um dich zu machen«, sagte er schließlich. »Weshalb wohl, was meinst du?«

»Herr Parker ist ein altes Schwein«, erklärte Jack ruhig.

Während der zehn Minuten, die der Psychologe an diesem Morgen mit Parker gesprochen hatte, war er zu einer ähnlichen Ansicht gekommen.

»Du bist doch im letzten Schuljahr recht gut mit Herrn Percy ausgekommen, nicht wahr? Ich habe hier einen Bericht vorliegen, in dem er schreibt, daß du auf einmal wunderbar mitgearbeitet hättest. Wie kam das denn?«

Jack fand den Mann immer sympathischer, deshalb sagte er: »Mein Pflegevater hat mir ein Fahrrad versprochen, wissen Sie.«

Der Psychologe lächelte ihn über den Schreibtisch an. Da verschwand auch das letzte bißchen Nervosität bei Jack, und er erledigte spielend die verschiedenen Tests, die daraufhin folgten. Nachdem der lustige kleine Mann interessiert Jacks letzte Arbeiten durchgesehen hatte, pfiff er leise, schüttelte Jack die Hand und schickte ihn in die Klasse zurück.

»Nun, was halten Sie von ihm?« fragte ihn der Rektor, als die beiden Männer später zusammen Kaffee tranken. Der Psychologe lächelte: »Er hat tatsächlich nichts in der Abteilung für Lernschwache zu suchen«, sagte er. »Sein Intelligenzquotient* liegt mindestens bei 115, und er liest besser als mancher Fünfzehnjährige. Ich würde mich nicht wundern, wenn er mit den besten Noten aus der Schule entlassen würde. Allerdings«, er

*Errechnetes Maß für den Grad an Klugheit.

setzte seine Tasse ruckartig auf den Unterteller, »an Ihrer Stelle würde ich Parker nicht hierbehalten, nicht mal als Pförtner!«

Der Postbote mußte sich den braunen Briefumschlag selbst zustellen; aber er hatte nicht die Nerven, ihn zu öffnen, bis er mittags mit seiner Frau allein war.

»Er ist von der Schule«, erklärte er und fingerte nervös daran herum. »Ich erkenne den Umschlag. Sie teilen uns sicher mit, daß Jack in ein Heim für verhaltensgestörte Kinder gesteckt werden soll. Der Psychologe hat ihn deswegen am Montag gesprochen.«

»Wir können doch nicht zulassen, daß er fortgeschickt wird, nicht wahr?« fragte seine Frau unglücklich.

»Er hat uns mehr Schwierigkeiten gemacht als irgendein anderes Kind, das wir aufgenommen haben«, sagte er seufzend. »Doch würde ich ihn schrecklich vermissen, wenn er nicht mehr bei uns wäre.«

Er las den Brief still durch und schob ihn dann seiner Frau über den Tisch zu. Es hätte Jack sicherlich gutgetan, den Ausdruck der Erleichterung auf Frau Jarvis' Gesicht zu sehen.

Als der Schulbus an diesem Tag beim Dorfplatz hielt, arbeitete Herr Jarvis nicht in Oberst Whites Garten. Er hatte seine alte Klapperkiste bei der Bushaltestelle geparkt. Als Jack und Peter aus dem Bus kletterten, kurbelte er das Fenster herunter und rief: »Einsteigen, Jungen, wir fahren zurück zur Stadt.« Er weigerte sich, irgendwelche Fragen zu beantworten. Eine halbe Stunde später standen sie im besten Fahrradgeschäft der Gegend. Zehn Minuten danach war Jack stolzer Besitzer eines prachtvollen Rennrads mit extra leichtem Rahmen und Zweiklanghupe.

10. Das Fußballspiel

Die Reifen pfiffen unter ihnen, als Jack und Peter an den nächsten Wochenenden über die gefrorenen Wege rasten. Jack dachte manchmal an sein verzweifeltes Gebet damals in der Schule. Es wurde so wunderbar erhört, daß er eines Sonntagabends während der Jugendstunde sogar ein leises »Dankeschön« flüsterte. Ein junger Mann aus einer Stadtkirche leitete diesen Abend. Er stotterte und verhaspelte sich mehrmals bei seinem Vortrag, doch als das Wort *Adoption* fiel, setzte sich Jack mit einem Ruck auf.

»Gott liebt uns so sehr«, stotterte der Redner, »daß er jeden einzelnen von uns adoptieren möchte, damit wir seine Kinder werden. Es ist noch viel großartiger, ein Adoptivkind zu sein, als das natürliche Kind einer Familie. Jemand muß dich doch sehr lieben, wenn er gerade dich zur Adoption auswählt. Ich selbst wurde im Alter von sechs Jahren adoptiert — das war eine entscheidende Wende in meinem Leben. Ich wußte, daß ich nun für immer zu meiner neuen Familie gehörte, daß ich sicher und geborgen war und ganz besonders geliebt wurde.« Jack hörte nur bis hierhin zu. So lange er denken konnte, hatte er sich danach gesehnt, adoptiert zu werden. Herr Lewis hatte ihm jedoch einmal deutlich zu verstehen gegeben, daß er dazu nicht geeignet sei. Würde auch Gott ihn für ungeeignet halten? Nachdem der junge Mann sein Stottern beendet hatte, tranken sie alle heiße Schokolade und aßen Frau Jarvis' selbstgebackenen Kuchen. Jack ging auf den Redner zu und fragte ihn rundheraus: »Wie kann ich von Gott adoptiert werden?«

»Du brauchst ihn bloß zu bitten«, war die schlichte Antwort.

»Aber ich habe schon viel Mist gebaut, weißt du«, erklärte

Jack. »Was würde Gott denn von jemand mit meiner Vorgeschichte halten?«

»Nun, jeder, der von Gott adoptiert werden möchte«, antwortete der junge Mann, »muß ihm zuerst all die schlechten Dinge gestehen, die er getan hat, und wenn sie ihm wirklich leid tun, vergibt Gott sie. Und zwar deshalb, weil sein Sohn Jesus Christus stellvertretend für unser falsches Tun und Denken bestraft wurde.«*

Wie mir Familie Jarvis die Sache mit der Stinkbombe vergeben hat, dachte Jack. Ein dicker Kloß begann sich in seinem Hals breitzumachen.

»Du meinst, das ist alles, was ich tun muß, und Gott nimmt mich an?« fragte er.

»Stimmt genau«, sagte der nervöse Redner lächelnd. »Gott wartet darauf, daß du zu ihm kommst. Du kannst es jetzt tun, wenn du willst.«

»Ja, tu's, Jack!« ermunterte ihn Peter, der in der Nähe stand. »Ich habe es letztes Jahr getan.«

»O nein!« sagte Jack schnell. »Ich weiß noch nicht, ob es für mich gilt. Ich will mich nicht lächerlich machen, um dann festzustellen, daß Gott mich zurückweist.«

Er ließ den jungen Mann verblüfft stehen und stieg in sein Zimmer hinauf.

»Woher soll ich auch wissen, daß du es ernst meinst, Gott?« betete er. »Jemand wie mich kannst du bestimmt nicht lieben.« Er hatte immer angenommen, es sei völlig nutzlos, sich mit Gott oder Jesus Christus zu befassen, aber jetzt schien dies das

---

*1. Johannesbrief, Kap. 1, 7-9

Wichtigste in seinem Leben zu sein. Er knipste die Lampe aus und lag stundenlang gedankenverloren wach.

Als er am nächsten Morgen erwachte, war ihm alles sonnenklar. Er mußte ein eindeutiges Zeichen bekommen, bevor er sicher sein konnte, daß das nicht alles eine Erfindung der Familie Jarvis und ihrer Freunde war.

»Gott, wenn sie mich hier nicht rauswerfen«, betete er, als er sich ankleidete, »dann weiß ich, daß es wahr ist. Dann werde ich zu dir kommen und dir all die schlechten Dinge gestehen, die ich getan habe. Ich werde dich bitten, mir zu vergeben und mich zu adoptieren.« So einfach war es für Jack. Er wartete ruhig darauf, was nun passieren würde.

Die Freude darüber, in den normalen Schulbetrieb eingegliedert zu werden, war größer, als Jack es für möglich gehalten hätte. Doch das Problem mit Herrn Ranson und dem Sportunterricht war noch ungelöst.

»Peter Jarvis hat mir erzählt, daß du außerhalb der Turnstunde ein richtiger Fußballheld bist«, beschwerte sich der enttäuschte Sportlehrer. »Warum bringst du deine Fußballschuhe und dein Trikot nicht mit und hörst auf, so dickköpfig zu sein?« Jack hätte das liebend gern getan, doch die Sache war mittlerweile ziemlich aufgebauscht worden. Er wußte nicht, wie er sich verhalten sollte, ohne sich wie ein Dummkopf vorzukommen.

Das Spiel gegen die Hurley-Schule war für Mitte Januar angesetzt, und Peter war natürlich Torwart der B-Mannschaft. Am Tag, an dem das Spiel stattfinden sollte, erklärte er der Familie beim Frühstück: »Diese Typen von Hurley denken, sie seien einsame Spitze!«

»Meinst du, ihr werdet gewinnen?« fragte der Postbote, der heute seinen freien Tag hatte.

»Tja«, meinte Peter mit vollem Mund, »sie haben uns bis jetzt immer geschlagen, aber wir spielen heute mit einem neuen Jungen, Stephen Davson, und Herr Ranson meint, wir hätten diesmal eine Chance.«

Der Postbote brachte Peter und einen anderen Jungen aus Longfield direkt nach Hurley. Da im Auto noch ein freier Platz war, begleitete Jack sie. Als die Mannschaft im Fußballdreß auf dem gepflegten Spielrasen in Hurley eintraf, wurde sie von einem recht aufgeregten Herrn Ranson begrüßt. Es lag ihm persönlich viel daran, diese hochmütige Mannschaft zu schlagen. Er hatte ein Hühnchen mit dem gegnerischen Sportlehrer zu rupfen. Seine Ehre als Trainer stand auf dem Spiel.

»Wo ist Davson?« fragte er spannungsgeladen. Jemand antwortete, er sei noch nicht eingetroffen. So begann Herr Ranson mit der üblichen Ermunterungsrede vor dem Spiel. Mehrmals warf er einen besorgten Blick auf seine Armbanduhr. Auf einmal eilte der Rektor von Hurley über das gefrorene Spielfeld auf sie zu.

»Gerade erhielt ich einen Telefonanruf«, keuchte er. »Es tut mir leid, Ihnen sagen zu müssen, daß eins Ihrer Mannschaftsmitglieder soeben einen Autounfall hatte auf dem Weg nach hier. Er und sein Vater liegen hier im Krankenhaus.«

»Ausgerechnet Davson!« stöhnte Herr Ranson. »Er war unsere einzige Hoffnung!«

Hurleys Sportlehrer schlenderte herausfordernd herüber und meinte: »Könnt ihr keinen Ersatzmann finden? Wir sollten endlich anfangen, mein Junge wird langsam kalt.«

Herr Ranson musterte zerstreut seine Mannschaftsanhänger, doch sie waren entweder alle älter als fünfzehn Jahre oder hatten keine Fußballschuhe. Keiner der Reservespieler war erschienen.

»Deine Schuhe sind hinten in Papas Wagen!« Peter packte Jacks Arm. »Du hast sie dringelassen, als Papa uns letzten Samstag vom Sportplatz mit nach Hause nahm.«

»Ich werde nicht mitspielen«, sagte Jack bestimmt.

»Bitte«, flehte ihn Peter an. »Ich weiß, daß du es kannst.« Er sah so verzweifelt drein, daß Jack sich erweichen ließ.

»Was, *der*?« war alles, was Herr Ranson über die Lippen brachte, als Peter ihm mitteilte, daß Jack sich bereiterklärt hätte, einzuspringen.

»Es ist besser, als einen Mann weniger zu haben«, hob Peter hervor.

Herrn Ranson war klar, daß er an diesem Morgen sowieso eine Demütigung einstecken mußte. So zuckte er nur mit den Schultern und warf Jack ein Trikot zu.

Wieder auf dem Spielfeld, wurde Jack mit dem üblichen Gekicher und hämischen Grinsen von der Hurley-Mannschaft empfangen. Doch der »Schwarz-weiß-rot-Witz« brachte ihn erst richtig in Stimmung für das Spiel. Als der Schiedsrichter das Spiel anpfiff, raste Jack wie verrückt über das Feld.

Herr Ranson würde das Spiel nie vergessen. Er stand neben seinem Feind an der Seitenlinie und beobachtete, wie Jack den Ball im Mittelfeld erkämpfte, drei Verteidiger stehenließ, den Ball auf den linken Fuß legte und ihn mit voller Wucht ins Netz stieß. Dem verdutzten Torwart blieb die Spucke weg. Herrn

Ransons gelangweilter Gesichtsausdruck veränderte sich zusehends, und als Jack dann das zweite Tor schoß, wäre er vor Aufregung beinahe auf- und niedergesprungen.

»Ihr kleiner Ersatzmann mit dem Muttermal ist nicht unbegabt«, mußte sein Feind neidisch zugeben. »Ist er wirklich jünger als der Rest oder nur klein für sein Alter?«

»Knapp dreizehn«, sagte Herr Ranson. »Natürlich habe ich ihn tüchtig trainiert«, fügte er hinzu. Dabei schämte er sich insgeheim sehr. Auch Peter spielte das Spiel seines Lebens als Torwart. Die Jungen von Hurley sahen recht bedrückt aus, als sie zur Halbzeit mit zwei Toren im Rückstand lagen.

Während der Halbzeit versammelte der gegnerische Trainer

seine Leute um sich. Herr Ranson hätte zu gern gehört, was er ihnen zu sagen hatte. Jedenfalls kehrten die Spieler danach wie ein Rudel hungriger Wölfe aufs Feld zurück. Bevor der arme Peter sich von seinem ersten Schock erholen konnte, hatten sie zwei Tore geschossen. Dabei bewachten sie Jack derart, daß er kaum an den Ball kam, geschweige denn ein Tor machen konnte. Herr Ranson lächelte nicht mehr. Er kaute nervös an seinen Fingernägeln, als das Spiel unentschieden zwei zu zwei stand.

»Nur Mut!« rief er heiser. »Gebt nicht auf!« Doch er mußte zugeben, daß ein unentschiedenes Spiel immer noch besser war, als er überhaupt erwartet hatte.

Drei Minuten vor Spielende ging seine Mannschaft zum letzten verzweifelten Angriff über. Gerade, als sie meinten, einem von ihnen könne ein Konter gelingen, wurde Jack durch eine harte Attacke von hinten umgelegt. Es war ein offensichtliches Foul, und der Schiedsrichter pfiff zum Strafstoß. Gavin Scot, der normalerweise den Elfmeter ausführte, trat an, bereit zum Schuß. Er hatte jedoch den Ruf, unzuverlässig zu sein unter Druck.

Doch da winkte der Trainer Jack herbei: »Los, Johnson, schau, ob du nicht den dritten Treffer machen kannst!« Ohne viel Federlesens stieß Jack den Ball in die linke Ecke des Netzes, vollkommen außer Reichweite des enttäuschten Torhüters von Hurley.

Bei keinem Pokalendspiel des Fußballverbandes wurde je ein Spieler so fest umarmt wie Jack, als der Schlußpfiff ertönte und die Mannschaft wußte, daß sie es tatsächlich geschafft hatte.

»Drei herrliche Tore!« keuchte Peter und schlug Jack kräftig auf den Rücken. »Ich wußte, du würdest mich nicht enttäuschen.«

Die Mannschaft von Hurley, die Jack zuerst verhöhnt hatte, sah nun genauso niedergeschlagen drein wie ihr Trainer. Doch wäre es schwierig gewesen zu sagen, wer glücklicher strahlte: Herr Ranson oder der Postbote aus Longfield.

Bei der Schulversammlung am Montagmorgen gab der Rektor vor allen bekannt:

»Wir müssen unserer B-Mannschaft gratulieren. Am Samstag hat sie endlich nach sechzehn Jahren die Hurley-Schule im Fußball besiegt.« Alle Schüler brachen in tosenden Beifall aus. Dann hielt der Rektor die Hand hoch und bat um Ruhe. »Das Spiel endete drei zu zwei. Unsere Tore wurden alle von ein und demselben Jungen geschossen, der in der Mannschaft als Ersatz spielte: Jack Johnson!«

Der stürmische Applaus, der daraufhin folgte, erinnerte den verwirrten Jack an ein großes, prasselndes Feuer. Im Meer der strahlenden, begeisterten Gesichter entdeckte er Herrn Parkers wütenden Blick. Jack war überglücklich.

Von da an spielte Jack jedes Spiel mit. Mit dem wiederhergestellten Stephen Davson und Peter als Torwart wurde die Mannschaft in dieser Saison kein einziges Mal geschlagen.

In den Lehrerzimmern der gesamten Grafschaft war Herr Ranson in aller Munde.

Anstatt wie üblich von allen Seiten her »Rothaut« geschimpft zu werden, wurde Jack nun mit respektvollen Blicken bedacht, und die kleineren Jungen himmelten ihn fast wie einen Helden an.

Das Leben zeigte sich Jack in diesem Winter von der Sonnenseite. Doch sein Glück wurde bald getrübt, denn seine Schwierigkeiten waren immer noch nicht vorbei.

11. Der Brand

Es war ein milder Winter, und kein Fußballspiel mußte abgesagt werden. Doch als der März kam, wurde es sehr regnerisch und stürmisch. Mitte des Monats wurde das letzte Hundekind in sein neues Zuhause abgeholt. Nur eins hatte Familie Jarvis behalten: ein Weibchen mit sanften braunen Augen. Sie hatten es Happy genannt, zur Erinnerung an seine Mutter. Zwei Junge wurden der Züchterin zurückgegeben. Doch durch den Verkauf der anderen beiden hatte die Familie nun eine beträchtliche Summe auf ihrem Bankkonto.

»Das wird unser erster Urlaub seit zehn Jahren!« rief Frau Jarvis.

»Aber das Geld wird nicht ganz ausreichen«, sagte ihr Mann besorgt. »Ihr Jungen müßtet mir, soweit es geht, unter die Arme greifen.«

Peter trug Zeitungen aus. Er meinte, daß sich auch für Jack solch ein Job finden lassen würde. »Ich werde mein gesamtes Taschengeld sparen«, versprach Jack.

»Das bedeutet, kein Zigarettenkonsum mehr!« sagte der kleine Postbote lachend.

Bei jeder Mahlzeit stritten sie sich im Spaß über das Ziel ihrer Urlaubsreise. Janie wollte ins Seengebiet, während die Jungen lieber ans Meer wollten. »Aber ohne Klippen, verstanden?« sagte Peter lachend. Herr Jarvis schwärmte vom Zelten, doch seine Frau wünschte sich sehnlichst, ein paar Tage lang nicht kochen zu müssen.

»Eigentlich müßte Jack für uns alle entscheiden, wohin wir gehen werden«, meinte Janie und sah ihn bewundernd an, »denn ohne Jack hätten wir überhaupt keine Hunde verkaufen können.« Jack lächelte stillvergnügt. Am liebsten hätte er sie alle auf eine Weltreise mitgenommen.

Nun ging er nur noch samstagnachmittags zu Fräulein Potts. Er brauchte keinen Leseunterricht mehr zu nehmen, und Fußball war jetzt sein Lebensinhalt geworden.

»Es wird Zeit, daß du den Garten umgräbst für den Frühjahrsanbau«, sagte Fräulein Potts eines Tages, als er gerade damit fertig war, ihr Wohnzimmer zu tapezieren.

»Zeit, daß Sie mir Lohn zahlen«, sagte er mit Nachdruck. »Ich spare jetzt für meine Ferienreise.«

»Wie sollte eine arme alte Rentnerin wie ich Geld übrig haben?« wimmerte sie.

»Es heißt aber, daß Sie hier Berge von Geld horten«, entgegnete er grinsend.

»Ach, tatsächlich?« gab sie barsch zurück. »Du würdest es dir gern unter den Nagel reißen, nicht?«

»Nein«, antwortete Jack würdevoll. »Ich mache keine krummen Sachen mehr. Allerdings bin ich der Ansicht, daß Sie mich fair bezahlen sollten.«

Fräulein Potts öffnete den Mund — doch der Gedanke, Jacks Gesellschaft zu verlieren, änderte ihre Meinung.

»Nun gut«, sagte sie mürrisch, »aber erwarte nicht zuviel!«

Fräulein Potts' Hütte gehörte Oberst White. Sie hatte sie von ihm nun bald seit dreißig Jahren gemietet. Manchmal besuchte er sie, um die Miete zu kassieren und bei seiner betagten Mieterin nach dem Rechten zu sehen. Als er das nächste Mal die

Hütte betrat, war er sehr beeindruckt von der Renovierung.

»Na, Fräulein Potts«, sagte er bewundernd, »erst ließen Sie sich den Garten in Ordnung bringen, und nun wurde auch die Hütte verschönert.« Er wußte, welch alter Geizkragen sie war und fragte deshalb: »Wer macht denn diese ganze Arbeit für Sie?«

»Das tut nichts zur Sache«, sagte Fräulein Potts in ihrer schroffen Art und ging zum Schrank in der Wohnzimmerecke. Sie holte die polierte Mahagonikassette hervor, worin sie ihr Geld aufbewahrte. Der Oberst zwirbelte seinen rötlichgelben Schnurrbart und beobachtete, wie sie in ihren Geldnoten wühlte.

»Sie sollten es bei der Post einzahlen oder auf eine Bank bringen«, riet er ihr. »Es ist unvernünftig, so viel Geld hier draußen anzuhäufen, wo sich Fuchs und Hase gute Nacht sagen!«

»Kümmern Sie sich um Ihre eigenen Angelegenheiten!« fuhr Fräulein Potts ihn an, als sie das Mietgeld abzählte.

»Ich weiß Bescheid über Ihre Pistole, aber Sie wissen nicht, woran Sie heutzutage sind«, fuhr der Oberst unverzagt fort. »Nehmen wir zum Beispiel diesen Mischlingsjungen, den uns der Postbote angeschleppt hat. Er hat schon einiges auf dem Kerbholz, wie mir Wachtmeister Jones erzählte. Gestalten wie ihm kann man nicht trauen.«

»Oh, ich weiß längst, daß er es auf mein Geld abgesehen hat«, kicherte die alte Frau boshaft. Sie sagte es im Spaß, doch für Jack sollte dieser Satz üble Folgen haben.

Es mußte der Sturm gewesen sein, der Jack in dieser verhängnisvollen Nacht weckte. Er hatte schon immer einen leichten Schlaf gehabt, doch der Wind, der heute um sein Schlafzimmer heulte und am Dachfenster rüttelte, hätte Tote auferwecken können. Verschlafen schlüpfte Jack aus dem Bett und fragte sich, ob es schon an der Zeit war, die Zeitungen auszutragen. Da sah er plötzlich das unheildrohende, rote Leuchten am Himmel über dem Wald.

Vielleicht brennt Fräulein Potts' Hütte! Jack atmete schwer, als er seine Jeans und eine Jacke über den Pyjama zog. Dann lief er hinunter, um Peter aufzuwecken. Doch damit hatte er keinen Erfolg. Peter schlief wie ein Sack und rührte sich nie, bis seine Mutter ihm mit einem nassen Waschlappen zu Leibe rückte. Jack wollte keine kostbaren Minuten verstreichen lassen und gab es auf, ihn wachzukriegen. Er hielt kurz vor der Schlafzimmertür seines Pflegevaters an. Doch dann konnte er sich nicht überwinden, ihn zu wecken, wo er so früh zur Arbeit mußte. Vielleicht war es überhaupt nur ein brennender Heuhaufen.

Jack stürzte in den Sturm hinaus und sprang über den Gartenzaun. Der Wald, der ihm so vertraut war, sah in dieser Nacht wütend und gefährlich aus. Die Bäume schlugen krachend im Sturm aneinander. Ja, es war tatsächlich Fräulein Potts' Hütte. Als er ankam, sah er zu seinem Entsetzen, daß ihre Küche und das Zimmer darüber schon in hellen Flammen standen.

»Sie schläft aber über dem Wohnzimmer«, murmelte er. »Es ist also noch nicht alles verloren.«

Die Vordertür war verschlossen. Er kämpfte sich durch den Qualm zur Rückseite der Hütte und holte eine Leiter aus einem Nebengebäude, in dem auch seine Gartengeräte untergebracht waren. Die Leiter war klapperig und wurmstichig, doch reichte sie gerade bis an Fräulein Potts' Schlafzimmerfenster.

Das Feuer war durch eine halbverhungerte Maus ausgelöst worden. Wegen der unablässigen Wachsamkeit, mit der die sieben schwarzen Katzen auf der Lauer waren, hatte sie vor lauter Verzweiflung die elektrische Leitung im Schrank unter der Treppe angeknabbert. Fräulein Potts bewahrte dort ihre alten Zeitungen auf, und der Märzsturm, der durch die Türspalte hereinblies, genügte, um die Funken zu Flammen zu entfachen.

Fräulein Potts erwachte, als ihr Schlafzimmer bereits voll Qualm war. Sie humpelte zur Tür hinaus und mußte feststellen, daß die Treppe schon lichterloh brannte. Sie wußte, es gab keinen Fluchtweg. Mit unerschütterlichem Gleichmut ging sie wieder zu Bett und sah dem Tod gefaßt entgegen.

Als dann plötzlich Jacks Gesicht am Fenster auftauchte, war sie nicht wenig überrascht.

»Sie sind wohl übergeschnappt!« rief er und stieß seinen Ellbogen durchs Glas. Er suchte nach dem Fenstergriff. »Wollen Sie die ganze Nacht hier herumsitzen?«

»Ich kann nicht aus dem Fenster klettern«, stammelte Fräulein Potts.

»Natürlich können Sie's!« gab Jack bestimmt zurück. »Und wickeln Sie sich warm ein, sonst holen Sie sich am Ende noch hier draußen den Tod!«

»Unverschämter Bengel!« murmelte sie, doch als sie sich ein altes rotes Schultertuch umwarf, standen ihr Tränen der Erleichterung in den Augen.

Dann begann ein nervenzermürbendes Erlebnis für Jack, als er unter gewaltiger Anstrengung der alten Frau über das Fenstersims und auf die wacklige Leiter half. Die große Hitze versengte ihnen die Kleider. Der Abstieg verursachte der gichtgeplagten Frau starke Schmerzen, und sie verwünschte Jack bei jeder Bewegung. Schließlich langten sie aber heil am Erdboden an. Jack nahm sie fest am Arm und brachte sie außer Gefahr. Traurig standen sie nebeneinander an der Gartentür und starrten in die drohenden Flammen. Diesmal wurde Jack durch das Feuer nicht in einen Freudenrausch versetzt. Ihm wurde bedrückend bewußt, daß etwas, was ihm ans Herz gewachsen war, nun für immer zerstört wurde.

»Mein Geld!« keuchte die alte Frau auf einmal, »und meine Silbervögel! Ich muß wieder hinein!«

»Das können Sie nicht, das wäre Wahnsinn!« rief Jack ungehalten.

»Und ob ich das kann«, meinte Fräulein Potts energisch. »Die Flammen sind noch nicht bis ins Wohnzimmer vorgedrungen.« Sie holte einen Schlüssel hervor, der an einer Schnur um ihren Hals hing, und schloß die Eingangstür auf.

»Sie können nicht wieder reingehen!« rief Jack und packte sie am Arm. »Die Decke könnte einstürzen!«

»Das Silber und das Geld sind mehr wert als mein nutzloses altes Leben«, sagte sie und schüttelte Jack mit einer ihrer gewohnten Ohrfeigen ab. Sie hielt sich ihr Tuch vor Mund und Nase, und in der nächsten Minute kämpfte sie sich zurück ins Haus.

Jack beobachtete sie vom Eingang her und kaute vor Aufregung an den Fingernägeln, während sie sich durch den raucherfüllten Raum schob. Den Weg zum Schrank kannte sie blind.

Im Nu hatte sie die Kassette unter dem Arm. Die silbernen Vögel ließen sich jedoch schwer finden.

»Lassen Sie es bleiben!« rief Jack erstickt. In diesem Moment umschlossen ihre umhertastenden Finger ihre wunderschönen Schätze. Doch es war zu spät. Als sie die Vögel in ihre Geldkassette steckte, überwältigte sie der dichte Qualm. Sie fiel schwer zu Boden und schlug mit dem Kopf auf dem eisernen Kaminschirm auf.

Das Feuer hatte nun die Tür auf der anderen Seite des Zimmers erreicht. Ein heller Schein flackerte auf und erleuchtete die ganze Szene gespenstisch.

Ohne sich Gedanken um seine eigene Sicherheit zu machen, war Jack sofort in der Hütte und neben der Frau. Sie war ohnmächtig. Aus einer tiefen Stirnwunde tröpfelte Blut. Er packte sie bei den Füßen und versuchte, sie hinauszuziehen. Doch ehe die Gicht Fräulein Potts gebeugt hatte, war sie eine sehr große Frau gewesen. Trotz bestem Willen konnte Jack sie kaum von der Stelle bewegen.

Er merkte, daß der Qualm ihn bald auch überwältigen würde. Da handelte er so, wie er meinte, daß es in ihrem Sinne sei: Er riß ihre wertvolle Kassette an sich und brachte sie in Sicherheit.

Er wollte den Pfad zum Bauernhof hinaufrennen und Hilfe holen, doch als er die Hüttentür erreichte, lief er Oberst White und seinem Neffen direkt in die Arme.

Der Sturm hatte auch den Oberst geweckt, und als er aus dem Fenster sah, glaubte er, sein Wald sei in Brand geraten. Er rief die Feuerwehr, warf sich in seinen alten Militärmantel und weckte seinen Neffen, der sich gerade zu Besuch bei ihm aufhielt. Sie eilten zusammen in den Wald und kamen genau im ungünstigsten Augenblick bei der brennenden Hütte an.

»Fräulein Potts sagte mir schon, du seist hinter ihrem Geld her«, knurrte der Oberst. »Ich hätte es aber nie für möglich gehalten, daß du so weit gehen würdest. — Laß ihn nicht entwischen, Mark!« befahl er und tauchte furchtlos durch die Rauchschwaden in die Hütte.

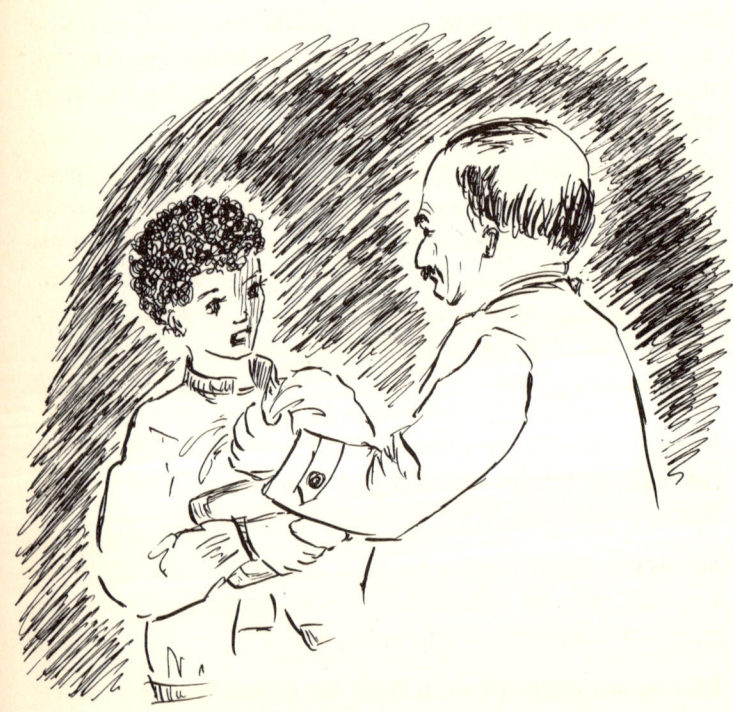

Im Handumdrehen hatte er Fräulein Potts herausgezogen. Dann warf er seinen khakifarbigen Mantel über die bewußtlose Frau. Darauf entdeckte er die Leiter und das eingeschlagene Schlafzimmerfenster. Schließlich sah er die blutende Wunde an Fräulein Potts' Stirn.

Wütend wandte er sich nach Jack um, der immer noch die Geldkassette an sich drückte, während der Neffe ihn beim Kragen gepackt hielt.

»Da haben wir dich auf frischer Tat ertappt, was?« donnerte der Oberst. »Zuerst bist du in ihr Schlafzimmer eingebrochen. Dann hast du sie gezwungen, dir das Geld zu geben. Und als ob das nicht genug wäre, mußtest du ihr den Schädel einschlagen und die Hütte in Brand stecken, um deine Spuren zu verwischen.«

Jacks grimmiger Stolz erlaubte ihm nicht, irgend etwas zu seiner Rechtfertigung zu sagen. Sein freches Schweigen machte den alten Soldaten nur noch wütender. Er entriß Jack die Kassette und ließ seine stahlharte Faust krachend auf Jacks entstellte Gesichtshälfte niederfahren. Durch einen Schleier aus Schmerz und Wut hörte der Junge den Oberst sagen: »Ich werde dafür sorgen, daß dieser Jarvis es noch bereuen wird, eine brandstiftende Landplage wie dich in unser friedliches Dorf zu bringen. Ich habe genug Einfluß und werde mich dafür einsetzen, daß der Postbote unverzüglich aus diesem Gebiet versetzt wird.«

Mit Marks Schal banden sie Jack am Torpfosten fest. Jake wünschte sich, die brennende Hütte würde die beiden Männer unter sich begraben, so sehr haßte er sie.

Bald darauf wimmelte es im Wald nur so von Feuerwehrleuten

und Sanitätern. Nachdem Fräulein Potts auf einer Tragbahre zum Krankenwagen gebracht worden war, kam der Ortspolizist atemlos zwischen den Bäumen hervor.

»Wir haben den Verbrecher für Sie gefangen!« rief der Oberst voller Stolz. »Es ist der Mischling von Familie Jarvis. Sie hatten mir ja schon von seinem Ruf als Brandstifter berichtet. Diesmal kommt noch Mord hinzu.«

Wachtmeister Jones, der ein guter Freund des Postboten war, schaute recht bedrückt drein, als er sie in sein kleines Büro im Polizeigebäude am Dorfplatz führte. Wie alle Einwohner Longfields hatte er eine geheime Furcht vor Oberst White. Als sie sich in seinem kleinen Büro drängten, kaute er sichtlich gequält an seinem Füllfederhalter.

»Ich kann zu diesem Zeitpunkt nur Aussagen zu Protokoll nehmen«, sagte er schließlich. »Ich muß mit meinem Vorgesetzten Rücksprache halten und auf Nachricht aus dem Krankenhaus warten. Dann müssen wir erst den Bericht des Feuerwehrhauptmanns abwarten, bevor Anklage gegen Jack erhoben werden kann.«

Oberst White schnaubte spöttisch, als der Polizist Jacks wahrheitsgemäße Aussage aufnahm. Dann donnerte er seine Version des Vorfalls herunter. Mit jedem Wort beschuldigte er Jack.

Die Morgendämmerung brach schon an, als der Polizist ack schließlich entließ. Während er die Tür öffnete, sagte er: »Bleib heute zu Hause, Junge. Mein Vorgesetzter wird dich später sicher sprechen wollen.« Jack ging wie betäubt den Weg hinunter. Sein Kopf dröhnte von Oberst Whites Faustschlag. Der Qualm saß ihm noch in der Lunge und kratzte im Hals.

Doch am meisten waren seine Gefühle verletzt. Genügte es nicht, daß der Oberst Janies Hund getötet hatte? Mußte er auch seine Welt kaputtmachen?

Als Jack zu Hause ankam, war der Postbote schon zur Arbeit gegangen. Frau Jarvis und Peter saßen am Küchentisch und tranken Tee.

»Wo hast du denn gesteckt?« fragte Peter verschlafen. »Ich hoffe, du hast meine Zeitungen gleich mit ausgetragen.«

»Was ist passiert?« Frau Jarvis sprang auf, als sie Jacks merkwürdige Erscheinung sah.

Sie schob Jack auf einen Platz beim warmen Ofen und schenkte ihm schnell eine Tasse Tee ein.

»Was ist denn los, Liebes?« fragte sie schließlich.

»Fräulein Potts' Hütte hat Feuer gefangen«, murmelte Jack. »Zwar hab' ich sie noch rausgekriegt, doch die dumme alte Frau wollte unbedingt zurück und ihr Geld retten. Als sie drinnen war, fiel sie um und schlug sich ihren Kopf auf. Ich konnte sie nicht herausziehen, und Oberst White dachte, ich sei hinter ihrem Geld her. Außerdem glaubt er, ich hätte die Hütte in Brand gesteckt.« Plötzlich setzte er sich mit einem Ruck auf, so daß sein Tee überschwabbte: »Ihr glaubt doch nicht etwa, daß ich das alles getan habe?« fragte er.

Frau Jarvis schossen viele Gedanken durch den Kopf. Sie wußte, daß Jack Geld brauchte, und durch Herrn Lewis wußte sie auch von seiner krankhaften Neigung zum Brandstiften. Sie zögerte zu lange.

»Du glaubst mir keine einzige Silbe, nicht?« sagte Jack mit seltsam bebender Stimme. Er stieß den Stuhl zurück und stürmte in seine Dachstube hinauf.

12. Auf der Flucht

Die nächsten beiden Tage waren für Familie Jarvis und auch für Jack ein einziger Alptraum. Im Haus schien es nur so von Polizisten zu wimmeln. Sie stellten Jack Fragen, die er nicht beantworten wollte.

Fräulein Potts' Zustand schien bedenklich zu sein. Sie war immer noch bewußtlos und litt unter Schockeinwirkung und Unterkühlung.

Oberst White ließ keine Zeit verstreichen, um das gesamte Dorf gegen Familie Jarvis aufzustacheln. Dieser wurde das Leben recht schwergemacht. Den Postboten traf kein freundliches Lächeln mehr, wenn er die Post verteilte. Ein Freund des Oberst ging sogar so weit, seinen Hund auf ihn zu hetzen. Der kleine Mann konnte froh sein, nur mit einer zerrissenen Jacke und einem Loch in der Hose davonzukommen.

Peter erging es auch nicht besser im Schulbus. Er mußte ständig einem Hagel von Papiergeschossen und Beschimpfungen ausweichen, bis sie endlich in der Stadt eintrafen. Fräulein Dixon erregte die Frauen des Dorfes gegen Frau Jarvis. Verächtlich schnaubend sagte sie: »Ich wußte, daß es so enden würde. Schon am ersten Tag, als ich diesen fürchterlichen Jungen sah.« Als Frau Jarvis den Dorfladen betrat, um ihre wöchentliche Bestellung aufzugeben, sagte die Frau, die bisher ihre Freundin gewesen war, daß sie von jetzt an ihre Einkäufe anderswo vornehmen solle.

Selbst Janie kam zur Teezeit in Tränen aufgelöst von der Schule zurück, weil all ihre Schulkameradinnen sich plötzlich in kalte, abweisende Feinde verwandelt hatten. Jack verschanzte sich hohläugig und schweigsam in seinem Zimmer. Er kam nur zu den Mahlzeiten herunter. Selbst Peter gelang es nicht, Kontakt zu ihm zu bekommen.

Zwei Tage nach dem Brand saß die Familie trübsinnig am Tisch und tauschte sich über die unerfreulichen Erlebnisse des Tages aus. Das herrliche Essen von Frau Jarvis stand beinahe unberührt vor ihnen. Jack sah von einem beunruhigten Gesicht zum anderen. Er konnte die Spannung nicht länger ertragen. Er sehnte sich so danach, allein und frei im Wald zu sein, vielleicht zum allerletzten Mal. Doch irgendwie brachte er es nicht über sich, wieder in den Wald zu gehen. So blieb ihm nur seine Dachstube.

Nachdem Jack sich in sein Zimmer zurückgezogen hatte, sagte der Postbote plötzlich: »Wir sollten hier nicht so herumsitzen. Jesus sagt, wir sollen uns freuen, wenn wir durch rechtes Handeln in Schwierigkeiten geraten.* Es ist egal, was die Leute über uns sagen, weil wir Jack aufgenommen haben. Wir wissen, daß Gott ihn uns geschickt hat. Deshalb werden wir jetzt ein fröhliches Gesicht machen und all das Gute essen, das Mama für uns gekocht hat.« Die Atmosphäre in dem Zimmer besserte sich schlagartig. Den Rest der Mahlzeit verbrachten sie so fröhlich, wie sie es bisher gewohnt waren.

Jack, der allein in seiner Dachkammer saß, verpaßte all dies. Er hatte ein flaues Gefühl im Magen, als er an ihre unglücklichen Gesichter dachte. Jetzt würden sie ihn hinauswerfen, das stand fest. Selbst wenn Fräulein Potts rechtzeitig zu Bewußtsein käme, um ihn vor dem Knast zu bewahren — Familie Jarvis würde ihn nicht mehr behalten wollen. Wenn sie glaubten, daß er zu so etwas fähig war, würden sie sich doch nie richtig sicher fühlen in ihrem Bett, wo sie doch nachts mit ihm unter

---

* Matthäus 5, 10-12

einem Dach schliefen. Wieso sollten sie ihn auch behalten und um seinetwillen alle Freunde und der Vater dazu noch seinen Arbeitsplatz verlieren? Was bedeutete er ihnen schon? Sie wurden ja nicht einmal dafür bezahlt, daß sie ihn aufnahmen.

Seine schlimmsten Befürchtungen schienen sich zu bestätigen, als er plötzlich Herrn Lewis' Wagen zum Tor hereinfahren sah.

Da haben wir's! dachte Jack trübe. Der Sozialarbeiter war schon zu oft gekommen, um ihn aus Pflegefamilien fortzuholen. Verschwommen bekam er mit, wie Janie und Peter zum Fernsehen ins Wohnzimmer geschickt wurden. Die Stimmen in der Küche schwollen an und verstummten auf unheilverkündende Weise.

Als Herr Lewis einige Zeit später die Treppe zu Jack hinaufstieg, war er recht verstimmt. Er hatte eine lange Fahrt hinter sich. Eigentlich hätte er seinen freien Tag gehabt. Jack hatte ihm über Jahre hinaus nichts als Schwierigkeiten gemacht. Als er nun in der letzten Woche hörte, daß Familie Jarvis den Jungen adoptieren wolle, dachte er, er könne Jack endlich mitsamt seinen ganzen Akten loswerden. Nun hatte der Brandstifter seinem Namen wieder alle Ehre gemacht. Diese Pflegeeltern waren so gutgläubig und wollten ihn trotzdem adoptieren. Sie glaubten, er sei unschuldig, doch Herr Lewis kannte Jack länger als sie.

Er öffnete die Tür und stand Jack gegenüber. Der Anblick des störrischen, finsteren Jungen trug nicht zur Besserung seiner Laune bei.

Er ist einer von der üblen Sorte, dachte der Sozialarbeiter. *Es ist einfach nicht der Mühe wert, meine kostbare Zeit mit Kerlen wie ihm zu vergeuden. Ich bezweifle, daß er überhaupt irgendwelche Gefühle hat.*

»Nun, Jack«, begann er, »du hast mal wieder Schwierigkeiten, diesmal sogar gewaltige. Ich wußte schon im voraus, daß es ein Fehler war, dich hierher zu schicken. Diese guten Menschen haben es wirklich nicht verdient, so verletzt zu werden.«

Jack wußte, daß er recht hatte. Doch all sein tief verwurzelter Haß und seine Abscheu vor diesem Mann überkamen ihn, so daß er schrie: »Raus hier, du fette Kröte!«

»Paß auf, was du sagst!« drohte Herr Lewis. »Sonst werde ich vor Gericht keinen Finger für dich krummachen. Nicht, daß man dir diesmal überhaupt viel helfen kann«, fügte er boshaft hinzu.

»Hau ab!« wiederholte Jack. Der Sozialarbeiter schritt hastig zur Tür, als er die geballten Fäuste des Jungen sah. Er stolperte die Treppe hinunter und hatte wieder einmal das Gefühl, Jack sehr schlecht behandelt zu haben.

Jack stand, vor Wut wie gelähmt, mitten in seinem Zimmer. Unbestimmt hörte er, wie Herr Lewis wegfuhr und die Jarvis unten miteinander redeten.

Eine große, erdrückende Welle der Empörung und Verzweiflung brach über ihm zusammen. Er war auf alles und jeden wütend: auf seine Mutter, die ihn, als er noch ein Baby war, verlassen hatte. Auf die vielen Pflegeeltern, die ihn immer wieder hinausgeworfen hatten. Auf Herrn Lewis, dem nie wirklich etwas an ihm gelegen hatte. Auf Oberst White und Herrn Parker. Doch den größten Zorn hatte er auf die Jarvis, die ihn hierher geholt hatten. Sie hatten ihn butterweich bekommen durch das schöne Zimmer und das Fahrrad, das sie ihm schenkten. Und jetzt, wo er sie doch so nötig brauchte, wandten sie sich gegen ihn. Plötzlich hatte er das Gefühl, daß die ganze Welt nur ein brutales Fußballspiel war. Jeder hatte nichts anderes im Sinn, als ihn in den Dreck zu stoßen. Jedesmal, wenn er sich gerade aufgerappelt hatte, wurde er wieder von neuem angegriffen.

»Na schön!« stieß er zwischen den Zähnen hervor. »Ist mir doch alles egal!« Er riß die Fußballposter von den Wänden, zerknüllte sie und warf sie mitsamt seinen Comic-Heften auf den Boden. Er fand noch ein paar Streichhölzer aus den Tagen, als er noch rauchte und zündete den Papierhaufen an. Dann öffnete er das Fenster, damit es tüchtig zog, steckte sein Portemonnaie in die Jackentasche und verließ leise das Haus.

Als er den Garten durchquerte und über die Mauer auf den Weg sprang, kam schon dünner Rauch zum offenen Dachfenster hervor.

Es wird nicht lange dauern, bis diese alte Bruchbude richtig brennt, dachte er grimmig. *Ich hatte ja schon immer vor, mich auf diese Weise zu verabschieden.* Doch die Vorstellung, daß von dem Haus, wo er sich so glücklich und heimisch gefühlt hatte, bald nur noch eine schwarze Ruine übrigsein würde, verursachte ihm Bauchschmerzen.

Zuerst dachte er daran, sein Fahrrad mitzunehmen. Aber er brachte es nicht über sich, etwas von dem zu behalten, was die Jarvis ihm geschenkt hatten.

Wenn ich die Abkürzung über die Felder nehme, dachte er, *schaffe ich es zum Sieben-Uhr-Bus in die Stadt und erreiche den Zug nach London, bevor die Polizei mit der Suche nach mir beginnt.* Das Geld, das er sich für die Ferien zusammengespart hatte, würde für die Fahrkosten ausreichen, und er hätte noch etwas übrig, um sich Lebensmittel zu kaufen, ehe er seine

Verbrecherlaufbahn antreten würde.

Sie denken sowieso alle, daß ich nur dazu fähig bin, dachte er. *Ich brauche ihnen nur noch zu zeigen, wie gut ich es kann.*

Er eilte über die Felder und achtete darauf, daß er im Schatten der Hecke blieb, denn es war noch nicht ganz dunkel. Ein Blick auf seine Uhr sagte ihm, daß er noch genügend Zeit hatte, den Bus zu erreichen. Er hielt auf der Brücke über dem Wehr an. In den langen, heißen Sommertagen hatten Peter und er flußabwärts beim Angeln viele glückliche Stunden verbracht. Jetzt im März hatten die starken Regenfälle den Fluß in einen schäumenden, braunen Strom verwandelt, der das Wehr hinunterstürzte. Wie einfach, hineinzuspringen! Was hatte er schon vom Leben zu erwarten? Er würde mit Sicherheit im Gefängnis landen, gleichgültig, wohin er ging. Keinen Wald, kein Fußballspielen oder Angeln mehr, und — was am schlimmsten war — keinen Peter! Warum sollte er diesem Leben nicht jetzt und hier ein Ende machen? Der Fluß donnerte unter ihm, als er langsam auf die Brückenmauer kletterte.

Das Feuer in Jacks Dachzimmer hatte die Vorhänge erreicht, und der Wind blies die Flammen in Richtung Bett, als die Jarvis ins Zimmer stürzten. Sie hatten den Rauch bemerkt, als sie hinausgegangen waren, um die Hühner über Nacht einzusperren — nur wenige Minuten, nachdem Jack über die Gartenmauer gesprungen war.

»Ich werde die Feuerwehr alarmieren!« rief Frau Jarvis entsetzt.

»Nein, warte!« antwortete ihr Mann sonderbarerweise. »Ich glaube, wir können selbst damit fertigwerden. Such alle Eimer im Haus zusammen, und schick Peter schnell rauf!«

Mutig trotzte er den Flammen und riß die Holzverkleidung zum Wassertank* auf, der sich in der Zimmerecke befand.

»Rettung in letzter Minute!« keuchte er, als er und Peter die Eimer füllten. Das Feuer war gelöscht, doch Jacks Dachkammer war ein einziges verrußtes, tropfendes Durcheinander.

Die Familie stand fassungslos in den Überbleibseln eines ehemaligen Schlafzimmers. Herr Jarvis blickte von einem zum andern und sagte: »Kein Wort davon jemand anders gegenüber!«

»Aber er muß es selbst angezündet haben!« sagte Peter unglücklich.

»Natürlich hat er es getan«, antwortete der Vater. »Doch bevor ich nicht Gelegenheit gehabt habe, ihn zu fragen, wieso er es tat, werde ich ihm nicht noch mehr Schwierigkeiten machen, als er ohnehin schon hat.« Die anderen nickten ernst. »Wir werden diesen 'Ort der Verwüstung' so lassen wie er ist. Der Junge kann dann selbst sehen, was er daraus machen will. Die neuen Vorhänge und Tapeten soll er selbst von seinem Taschengeld kaufen.«

In diesem Augenblick klingelte es an der Haustür. Janie sah aus dem Fenster und rief: »Es ist ein Polizeiwagen, Mama!« Schuldbewußt gingen sie alle hinunter und öffneten Wachtmeister Jones und Oberst White die Tür.

»Dürfen wir reinkommen und kurz mit Ihnen sprechen?« fragte der Polizist.

»Aber gern«, erwiderte Frau Jarvis und führte sie beklommen ins Wohnzimmer.

»Ich bekam gegen fünf Uhr heute nachmittag einen Anruf vom

---

* In manchen Ländern ersetzt ein Tank im Dachstuhl die Druckpumpe zur Wasserversorgung des Haushalts.

Krankenhaus«, begann der Wachtmeister. »Man erzählte mir, daß Fräulein Potts wieder das Bewußtsein erlangt hätte und nach ihrem Vermieter fragte. Man schlug vor, ich sollte auch mitkommen. Ihr Verstand war erstaunlich klar. Sie erzählte uns, wie Ihr Jack zum Schlafzimmerfenster hinaufgeklettert war, um sie aus den Flammen zu retten. Dabei setzte er sein eigenes Leben aufs Spiel. Doch sie hatte hartnäckig darauf bestanden, wieder ins Haus zu gehen und das Geld zu holen. Sie erinnert sich, wie er sie davon abhalten wollte, doch was dann geschah, weiß sie nicht mehr. Alles spielte sich genauso ab, wie Jack es mir zu Protokoll gegeben hat.« Der Polizist sah den Oberst dabei fest an, der ausnahmsweise eigentümlich still war, und fuhr fort: »Sie war etwas beunruhigt wegen ihres Geldes. Als der Oberst ihr sagte, daß der Junge es in Sicherheit gebracht hätte, beauftragte sie uns, ihm persönlich ihren Dank zu übermitteln.«

Oberst White war kein Mann, der sich vor seiner Pflicht drückte. Er räusperte sich laut und fügte hinzu: »Und ich glaube, ich muß mich bei dem Jungen entschuldigen. Anscheinend hat er sich recht ordentlich betragen.«

»Es tut mir leid, doch er ist im Moment nicht zu Hause«, sagte der Postbote höflich.

»Nun, dann schicken Sie ihn so bald wie möglich zu mir, ja?« befahl der alte Soldat. »Mir liegt viel daran, mit ihm bald ins reine zu kommen. Ich glaube, ich muß ihm auch noch danken, daß er die Hütte so gut in Schuß gebracht hat. Natürlich ist nun alles für die Katz'. Die Hütte ist restlos abgebrannt. Gleichwohl — eine beachtliche Leistung für solch einen jungen Kerl, und das alles ohne finanzielle Belohnung, wie mir scheint.«

Es war dem alten Mann schwergefallen, das alles sagen zu müssen, und er machte einen recht betretenen Eindruck, als er aufstand, um fortzugehen. »Fräulein Potts geht es viel besser«, fügte er hinzu, als er auf der Türschwelle haltmachte. »Sie jagt die armen Krankenschwestern nur so durch die Gegend. Ich werde sie in eine Altenwohnung am Dorfplatz stecken, wenn sie wiederhergestellt ist, und in der Zwischenzeit versorgt jemand ihre Katzen.« Er stieg in den Polizeiwagen und war bald wieder der alte, als er Wachtmeister Jones befahl, ihn nach Hause zu fahren.

»Gott sei Dank!« stieß der Postbote aus, als er versuchte, alle drei Familienmitglieder auf einmal zu umarmen. »Der Schrecken von Longfield hat sich als Held entpuppt!«

Doch ihre Freude ebbte allmählich ab, als sie Stunde um Stunde vergeblich auf Jacks Heimkehr warteten. »Hör doch endlich auf, dich wie ein Tiger im Käfig zu benehmen, Sohn!« beschwerte sich der Postbote, als es Mitternacht schlug. Peter und Janie hatten sich beide rundweg geweigert, zu Bett zu gehen. Sie wollten unbedingt Jacks Gesicht sehen, wenn er hörte, daß alles wieder in Ordnung sei. Doch nun war das Fernsehprogramm zu Ende, Janie auf der Couch eingeschlafen, und Frau Jarvis hatte so oft neuen Tee aufgebrüht, daß ihr die Teebeutel ausgegangen waren.

»Etwas Schreckliches ist Jack zugestoßen, Papa, ich spüre es«, platzte Peter heraus.

»Wo ist denn dein Glaube geblieben, Peter?« fragte der Postbote vollkommen ruhig. »Keine zwei Stunden ist es her, daß wir beteten, der Herr Jesus möge ihn bewahren. Nun müssen wir ihm vertrauen, daß er es auch tut. Jack hat sich wahrscheinlich bloß irgendwo versteckt und macht sich Gedanken über das Feuer, das er oben angelegt hat. Geh zu Bett, Junge!

Mutter und ich werden aufbleiben, bis er heimkommt.« Das taten sie auch, doch wer nicht kam, war Jack. Steif und mit schmerzenden Gliedern erwachten sie in ihren Stühlen, als es sechs Uhr schlug.

»Sollten wir jetzt nicht die Polizei benachrichtigen?« fragte Frau Jarvis, als sie die Milch anwärmte.

»Gib dem Jungen noch bis zum Abendessen Zeit«, antwortete ihr Mann hartnäckig, »und sag den Kindern, sie sollen inzwischen nichts ausplappern. Der Herr hat die Sache in der Hand«, fügte er hinzu, als er sich auf den Weg zur Arbeit machte.

13. Das Ende von Jack Johnson

Die Neuigkeiten verbreiteten sich in Windeseile an diesem Morgen in Longfield. Wohin der Postbote auch ging, er wurde von lächelnden Gesichtern und fröhlichem Winken begrüßt. Die Leute gratulierten ihm über die Gartenzäune und aus ihren Fenstern. Oberst Whites Freund, der Besitzer des bissigen Hundes, bot Herrn Jarvis sogar an, ihm einen neuen Anzug zu kaufen, und sagte: »Sie müssen ja sehr stolz auf Ihren Jungen sein. Man stelle sich vor, daß er sein Leben aufs Spiel gesetzt hat, um dieses schreckliche alte Fräulein Potts zu retten.«

Als Frau Jarvis im Laufe des Vormittags ins Dorf ging, um Teebeutel zu kaufen, überquerten dieselben Leute, die sie tags zuvor noch wie Luft behandelt hatten, die Straße, um ihr die Hand zu schütteln. Die Ladenbesitzerin kam heraus und sagte: »Ich wußte schon immer, daß dieser Junge noch zurechtgebracht werden würde. Da haben Sie glänzende Arbeit geleistet.«

Das einzige Gesprächsthema im Bus und in der Schule an diesem Tag war Jack Johnsons heldenhafte Rettertat. Peter wünschte sich sehnlichst, Jack könnte es selbst erleben, wie man ihn jetzt lobte.

Als von dem Jungen mittags immer noch nichts zu sehen war, machten sich Herr und Frau Jarvis doch ernsthaft Gedanken. »Ich rufe besser Wachtmeister Jones an«, sagte der kleine Mann bedrückt und schob seinen unberührten Mittagsteller von sich.

»Diese Mühe kannst du dir sparen«, sagte seine Frau in überraschtem Tonfall. »Er kommt gerade zur Gartentür herein.«

Als der Polizist hörte, daß Jack die ganze Nacht fortgeblieben war, blickte er sehr ernst drein.

»Herrn Whickers neuer Kuhhirte hat mir dies hier eben übergeben«, sagte er und legte ein schäbiges braunes Portemonnaie auf den Mittagstisch. »Es ist Geld darin und der Name 'Jack' eingeprägt. Ted hat sich die ganze Nacht Gedanken gemacht, doch er konnte nicht eher zu mir kommen, weil heute Markttag ist. Ich befürchte, Sie und Ihre Frau müssen sich auf schlechte Nachricht gefaßt machen. Ted erzählte mir, daß er Jack gestern abend gesehen hat, als er zur Long Meadow ging, um die Kühe heimzutreiben. Er meinte, der Junge hätte einen seltsamen Eindruck gemacht, wie er so auf der Brückenmauer stand und aufs Wehr hinunterstarrte. Als Ted die Kühe zurücktrieb, fand er dieses Portemonnaie auf der Brücke, als sei es absichtlich dort zurückgelassen worden.«

Die Augen des Postboten weiteten sich vor Entsetzen. »Sie glauben, er könnte vorsätzlich in den Fluß gesprungen sein?« keuchte er.

»Nun, er nahm sicher an, daß man ihn wegen Brandstiftung, Diebstahl und Mord beschuldigen würde. Man kann es ihm nicht verübeln, nicht wahr?« meinte der Polizist bedrückt. Herr Jarvis verbarg sein Gesicht in den Händen; seine Frau hingegen war zu erschüttert, um weinen zu können.

Die Polizei begann eine großangelegte Suchaktion nach Jack. Im ganzen Gebiet wurden Nachforschungen angestellt. Keiner konnte sich daran erinnern, ihn gesehen zu haben. Wachtmeister Jones sagte: »Mit einem solchen Muttermal, wie er es im

Gesicht hat, kann man nicht weit kommen, ohne jemandem aufzufallen.«

Froschmänner suchten den Fluß unterhalb des Wehrs ab, Zeitungsreporter schwärmten wie Wespen umher, und das bestürzte Longfield befürchtete das Schlimmste.

Janie saß oft lange reglos da, Happy fest an sich gedrückt, und brütete dumpf vor sich hin. Peter konnte nicht an der Schuppentür vorbeigehen vor Angst, Jacks Fahrrad zu erblicken, das dort verlassen im Halbdunkel stand.

Herr Lewis saß in seinem Londoner Büro und riß mit nervösen Fingern an seinem Hemdkragen, der ihm plötzlich zu eng erschien. Er erkannte, daß er einer der letzten Menschen gewesen sein mußte, die Jack lebend gesehen hatten. Oberst White saß einsam in seinem großen Haus am Dorfplatz und kam sich viel geringer vor als der kleine Postbote, den er immer verachtet hatte.

Der Gedanke an Peter hatte Jack schließlich davon abgehalten, tatsächlich von der Brücke zu springen. Selbst wenn er im Gefängnis landen würde — es bestand immerhin die Möglichkeit, Peter eines Tages wiederzusehen. Er putzte sich geräuschvoll die Nase und machte sich auf den Weg zum Bus. Als er das Taschentuch hervorholte, hatte er aber nicht bemerkt, daß sein Portemonnaie herausgefallen war und nun verloren auf der Brücke lag.

Jack war schon daran gewöhnt, daß bei ihm alles schiefging. Er war deshalb nicht sonderlich überrascht, als er feststellen mußte, daß seine Uhr nachging. Als er nämlich auf die Hauptstraße stieß, sah er gerade noch, wie sein Bus um die nächste Ecke verschwand. Es war ein schwerer Schlag für Jack, doch verlangsamte er nur für einen Augenblick sein Tempo.

Wenn ich mich wie verrückt beeile und durch den Wald abkürze, kann ich ihn vielleicht beim Gasthaus »Krone« erwischen, dachte er. *Dort hält er öfter für ein, zwei Minuten.*

Viel Hoffnung machte er sich zwar nicht, doch sagte er sich, daß seine Freiheit davon abhing, ob er den Bus erreichte oder nicht. Er sprang über einen Zaun und stürmte in den dahinterliegenden Wald.

Er rannte blindlings drauflos und natürlich viel zu schnell. Wenn er richtig bei Verstand gewesen wäre, hätte er es gar nicht erst versucht, über den Maschendrahtzaun zu springen. Mit dem linken Fuß blieb er im Draht hängen. Er landete mit seinem ganzen Körpergewicht auf seinem umgeknickten rechten Fuß. Zuerst wurde ihm beinahe übel vor Schmerzen. Dann wurde ihm langsam voll Grauen klar, in welcher Lage er sich befand. Nun hatte er keine Aussicht mehr, seine Flucht fortzusetzen! Er konnte seinen Fuß nicht einmal bewegen, doch sein Stolz ließ es nicht zu, hier liegenzubleiben und darauf zu warten, daß ihn die Polizei fortschleppte.

Er sah wild um sich, wie ein gejagter Hase, der Schutz sucht. Da erinnerte er sich an ein zerfallenes Häuschen. Peter und er hatten einen herrlichen Nachmittag damit zugebracht, in seinen Überresten herumzustöbern. Sie hatten angenommen, daß es wie Fräulein Potts' Hütte Teil jenes alten Eisenwerks gewesen war, doch stand das Haus seit Jahren leer. Jack war sich sicher, daß es nicht weit entfernt lag. Wenn er es nur erreichen könnte! Dann hätte er einen Unterschlupf, bis der Schmerz in seinem Knöchel nachlassen würde.

Auf Händen und Füßen kriechen und einen gebrochenen Knöchel hinter sich herziehen ist ein schmerzhaftes Erlebnis. Als Jack sein Ziel endlich erreichte, schluchzte er gequält auf, während ihm der Schweiß von der Stirn tropfte. Er preßte die Lippen zusammen und zwang sich, die morsche Treppe hinaufzukriechen. Er erinnerte sich, daß es oben weniger feucht war als unten. Er konnte sich gerade noch auf einige alte Säcke fallen lassen — da versank er in Bewußtlosigkeit.

Die nächsten zwei Tage in dem baufälligen Versteck vergingen schrecklich langsam für Jack. Er hatte bohrende Schmerzen in seinem Knöchel, doch die Kälte und der Durst quälten ihn noch mehr. Zum Glück blieb das Wetter regnerisch, und er konnte die Regentropfen in der hohlen Hand auffangen, die durch ein Loch im Dach fielen. Sie reichten gerade aus, um ihn vor der schlimmsten Qual zu bewahren. Am Morgen des zweiten Tages sah er durch ein Loch in der Wand, wie zwei Polizisten in der Nähe seiner Hütte den Wald durchkämmten.

Die alte Frau ist also tot, dachte er verbittert, *und sie sind tatsächlich hinter mir her!* Er hatte sich vor der Polizei schon so oft versteckt, daß er gar nicht in Panik geriet. Doch hätte er beinahe laut aufgeschrien, als er sich mühsam in den alten offenen Kamin hochzog. Es war ihm eigentlich egal, ob sie ihn nun fanden oder nicht. Er hörte, wie einer sagte: »Geh du hinauf, Brown. Diese Treppe würde mein Gewicht nicht aushalten.« Doch Wachtmeister Brown hatte anscheinend zuviel Angst vor dem morschen Holzboden, um gründlich nach Jack zu suchen. Bald darauf hörte er sie fortgehen. Sollte er sie zurückrufen? Er benötigte dringend ärztliche Hilfe. Nein, er wollte lieber vor Durst sterben, als sich selbst auszuliefern. Er hätte von dieser Brücke springen sollen, als sich die Gelegenheit dazu bot. Wieso konnte er eine Sache nie richtig zu Ende führen?

Seine Niedergeschlagenheit verstärkte sich, wie der Tag sich in die Länge zog.

Jacks ganzer Ärger war wie verraucht. Der Gedanke peinigte ihn, wie Familie Jarvis nun in den rauchenden Überresten ihres Heimes herumstöberte und nach ihrem verkohlten Besitz suchte. Wie konnte er ihnen das nur antun — Menschen, die ihm nie etwas Böses zugefügt hatten? Ob sich die kleine Janie wohl in Sicherheit bringen konnte? Konnte Peter noch rechtzeitig seine Gitarre retten?

Wenn ich es nur geschafft hätte, sie weiter zu hassen, dachte er, *dann würde ich mich jetzt nicht so schlecht fühlen.* Es war seine Freundschaft mit Peter, die das fertiggebracht hatte. Er hätte sich vor Augen halten müssen, daß Peter zu einer anderen Welt gehörte, zur wirklichen Welt, zur sicheren Welt. Hier wurden die Menschen in richtige Familien hineingeboren — nicht als Babys verstoßen und ins Meer geworfen, um allein nach einem rettenden Anker zu suchen. Solche Menschen wollte keiner. Weder Pflegeeltern, die »Gutes tun wollten«, noch Sozialarbeiter, noch Gott. Zumindest hatte er sich nicht lächerlich damit gemacht, bei Gott einen Antrag auf Adoption zu stellen. Jesus wollte sicherlich nur nette, normale Menschen wie Peter zu Freunden haben, folgerte Jack.

Der kleine Postbote war von jeher der Ansicht gewesen, daß der Wald wohltuend auf Menschen wirken konnte. So machte er an diesem Abend mit Happy einen langen Spaziergang. Die kleine Hündin hatte sehr unter der gedrückten Stimmung im Haus gelitten. Jetzt sprang und schnüffelte sie ausgelassen umher, völlig überwältigt von den aufregenden Gerüchen des Waldes. Doch der Postbote fand für seinen Kummer keine Linderung. Auf einmal fühlte er sich entsetzlich müde.

»Komm, Mädchen, wir wollen heimgehen!« rief er. Doch die Hündin benahm sich seltsam: sie kratzte und bellte unablässig an der Tür einer alten, halbzerfallenen Hütte.

»Ja, da drinnen gibt's sicher eine Menge Ratten, Happy, doch wir müssen jetzt nach Hause gehen«, sagte der Postbote matt. Doch Happy nahm ausnahmsweise keinerlei Notiz von ihm. Sie drückte mit aller Kraft die Tür auf und verschwand im Innern der Hütte. Mit einem Stoßseufzer ging Herr Jarvis ihrem aufgeregten Gebell nach, das aus dem oberen Stockwerk drang. Der Anblick der wurmstichigen Treppe begeisterte ihn nicht gerade, doch befürchtete er, die Hündin könnte ein Rattennest aufgespürt haben, deshalb stieg er ihr vorsichtig nach.

Es gab kaum eine Körperstelle des Jungen, die Happy nicht mit ihren nassen Küssen bedeckte. Als Herr Jarvis sich vorsichtig einen Weg über die Bodenbretter bahnte, wandte Jack sein Gesicht zur Wand. Er erinnerte sich, wie der Postbote ihn nach der Stinkbombensache angeschaut hatte, und er hatte kein Bedürfnis, diesen Gesichtsausdruck noch einmal zu sehen.

Es war typisch für den Mann, daß er keine Fragen stellte, sondern sich still auf den Boden setzte und wartete, bis die Hündin sich beruhigt hatte. Dabei sah er den geschwollenen, schneeweißen Knöchel und Jacks eingefallenes, schmerzverzerrtes Gesicht.

»Fräulein Potts geht es wieder besser«, sagte er schließlich. »Sie erzählte Oberst White, wie du sie und ihr Geld neulich nachts gerettet hast. Du bist jetzt der Held von Longfield. Gut, daß du vorletzte Nacht plötzlich verschwunden bist«, fuhr er fort, »denn nachdem du weg warst, brach in deinem Zimmer Feuer aus.«

Jack drehte seinen Kopf herum und sagte: »Ich hab' das getan.«

»Ja, das dachte ich mir schon. Aber ich kann es dir nicht verübeln«, fügte der Mann schnell hinzu. »Du meintest, wir hätten dir die Geschichte vom Brand bei Fräulein Potts nicht abgenommen. Doch wir haben dir geglaubt, weißt du.«

Nach einer langen Pause sagte Jack schroff: »Es tut mir leid, daß ich euer Haus in Brand gesetzt habe.«

»Hast du nicht, keine Bange!« kam die fröhliche Antwort. »Peter und ich konnten das Feuer im Nu löschen. Dein Zimmer sieht jetzt etwas verrußt aus; aber wir haben darüber wie ein Grab geschwiegen.«

»Warum?« fragte Jack, während sich ein Kloß in seinem Hals bildete.

»Nun, ich möchte nicht, daß irgend etwas deine Adoption aufhält.«

Jack blickte dem Mann schnell ins Gesicht.

»Du willst vielleicht kein Jarvis werden«, sagte der Postbote lächelnd. »Aber ich wäre stolz darauf, wenn der Held des Dorfes mein Sohn werden würde.«

Jack drehte sein Gesicht wieder jäh zur Wand, doch gelang es ihm, zu krächzen: »Ich habe nichts dagegen.«

»Prima!« meinte Herr Jarvis und fuhr fort, damit Jack sich etwas erholen konnte: »Wir wollten immer eine große Familie haben, deshalb tat es uns weh, feststellen zu müssen, daß wir keine eigenen Kinder bekommen können. In den letzten Jahren haben wir viele Pflegekinder aufgenommen, doch bis jetzt konnten wir nur zwei davon adoptieren.«

Diese Worte drangen in Jacks Gedankenwirrwarr. Mühsam stützte er sich auf den Ellbogen und fragte völlig verblüfft: »Peter und Janie?«

»Stimmt haargenau!« antwortete der kleine Mann lächelnd.

»Aber ich dachte immer — ich dachte, es wären eure eigenen Kinder!«

»Das sind sie auch!« antwortete Herr Jarvis ungehalten. »Und zwar ganz richtig und wahrscheinlich noch viel wertvoller für uns, als wenn sie uns auf dem natürlichen Weg geschenkt worden wären. Als Peter zwei Jahre alt war, band ihn seine Mutter ans Gitterbettchen und verließ ihn für immer. Ich glaube nicht, daß er in seinem kurzen Leben je etwas anderes zu essen bekommen hatte als kalten Tee aus der Flasche und eingeweichte Kekse. Er wog kaum etwas, als er zu uns kam. Du wirst es nicht für möglich halten, wenn du ihn heute in seiner vollen Länge siehst. Aber das haben Mutters Kochkünste bewerkstelligt.«

»Und Janie?« flüsterte Jack, dessen Welt auf einmal kopfstand.

»Als sie zu uns kam, war sie völlig dreckig und übersät mit blauen Flecken und Kratzern, daß sie aussah wie die alte Stoffpuppe, an der Happy so gern nagt. Aber nun ist Janie gut aufgehoben. Gott sei Dank!«

»Wieso haben die beiden mir nie was davon gesagt?« murmelte Jack und ließ sich auf die Säcke zurückfallen.

»Nun, vermutlich denken sie nicht viel darüber nach, weißt du. Es ist auch wirklich nicht wichtig. Sie heißen jetzt Jarvis, und damit hat es sich. Genau, wie du hoffentlich bald ein Jarvis sein wirst! Aber wir können nicht die ganze Nacht hier herumsitzen und schwatzen«, schloß er und rappelte sich auf. »Ich gehe jetzt und lasse einen Krankenwagen kommen. Happy wird dir mittlerweile Gesellschaft leisten, bis ich wieder da bin.«

Als er verschwunden war, lag Jack ruhig da. Vor lauter Glück vergaß er fast das Atmen: Adoptierte Söhne konnten nie hinausgeworfen werden! Da fiel ihm plötzlich etwas ein.

»Du hast deine Seite der Abmachung eingehalten, Gott«, murmelte er. »Du hast dafür gesorgt, daß Familie Jarvis mich nicht rausgeschmissen hat. Danke!« Dann stützte er sich wieder auf seinen Ellbogen und tat, was er versprochen hatte:

»Gott, ich möchte, daß du mein Vater wirst. Bitte, vergib mir alle Gemeinheiten, die ich getan habe. Danke, Jesus, daß du auch für mich gekommen bist und mir helfen willst, anders zu werden. Amen.«

Als er sich wieder zurücklegte, strahlte er über das ganze Gesicht.

»Bald werde ich ein Jarvis sein, aber Gottes Adoptivsohn bin ich jetzt schon.«

———————

Margareth Smith

Und doch nicht allein

Taschenbuch

JM ab 12
128 Seiten
4,80 DM
ISBN 3-89397-740-6

Nichts ist so, wie es mal war –
Einsamkeit und Verzweiflung bleiben
für Eilidh und ihren Zwillingsbruder
Paul zurück, nachdem ihre Mutter
gestorben ist. Ein neues Zuhause
finden sie bei John Paterson, einem
Freund der Familie. Doch dort
herrscht ein jahrzehntelanger Streit
mit der Nachbarfamilie. John Paterson
hatte als Achtzehnjähriger den kleinen
Bruder des Nachbarn überfahren.
Doch dann macht Eilidh eine
aufregende Entdeckung …

Fletch Brown

Ausbruch aus Tondo

JM ab 12
128 Seiten
4,80 DM
ISBN 3-89397-161-2

Jaime Jorka ist davon überzeugt,
daß nur Gerissenheit und Geld ihn aus
den Slums von Manila herausbringen
können. Er träumt von einem anderen
Leben. ... Da entdeckt er eine
merkwürdige Botschaft in fremden
Buchstaben.

Taschenbuch

Ruth Johnson

Agenten Gottes

Taschenbuch

JM ab 10
160 Seiten
4,80 DM
ISBN 3-89397-159-2

Lebensbilder beeindruckender
Männer und Frauen Gottes –
darunter bekannte Namen wie
David Livingstone, John Bunyan,
Georg Müller, Hudson Taylor,
Charles Haddon Spurgeon u. a. –
werden in einer kindgemäßen Art
vorgestellt.